我们读书吧

献给山乡与田野的农家书屋

李东华
徐鲁
——著

中国少年儿童新闻出版总社
中国少年儿童出版社
北京

图书在版编目(CIP)数据

我们读书吧：献给山乡与田野的农家书屋 / 李东华，徐鲁著. -- 北京：中国少年儿童出版社，2018.7（2020.7 重印）
ISBN 978-7-5148-4834-2

Ⅰ.①我… Ⅱ.①李… ②徐… Ⅲ.①纪实文学－中国－当代 Ⅳ.①I25

中国版本图书馆CIP数据核字(2018)第127172号

WOMEN DUSHU BA

出版发行：中国少年儿童新闻出版总社
　　　　　中国少年儿童出版社

出 版 人：孙 柱　　执行出版人：张晓楠

责任编辑：王 燕　薛晓哲	审　　读：林 栋
编　　辑：王志宏　李云帆　徐懿如	聂 冰
装帧设计：瞿中华	责任印务：李 洋
美术编辑：姜 楠　张 璐	责任校对：黄娟娟
封面图片：视觉中国	

社　　址：北京市朝阳区建国门外大街丙12号	邮政编码：100022
编 辑 部：010-59512018	总编室：010-57526070
客 服 部：010-57526258	官方网址：www.ccppg.cn

印刷：北京利丰雅高长城印刷有限公司

开本：880毫米×1230毫米 1/32	印张：4.25
版次：2018年7月第1版	印次：2020年7月北京第8次印刷
字数：65千字	印数：71711-76710册

ISBN 978-7-5148-4834-2　　　　　　　　　　　定价：19.00元

图书出版质量投诉电话010-57526069，电子邮箱：cbzlts@ccppg.com.cn

目 录

前 言
假如没有书屋，我们会在哪里？
——致小读者们 001

小书虫们的快乐时光 007
大草原上的小书屋 015
什么事能让家乡变得更美？ 025
大上海的农家孩子 031
长满书的大树 037
"小演讲家"和"小故事迷" 043
"魔法书屋"有魔力 051
神奇的小金鱼 057

"塞上江南"的读书娃 　063

两代人的"童话小屋" 　069

白云深处的朗读声 　077

"我们看书吧" 　085

畅游在书的大海里 　093

大手拉小手的故事 　099

农家书屋帮爷爷擦亮了眼睛 　107

和书屋一起长大的孩子 　113

美丽的约定 　119

后　记 　125

前　言

假如没有书屋，我们会在哪里？
——致小读者们

有一年春天，正是小山村的梨花和杏花盛开的时节，我在湘鄂赣交界的幕阜山区采风时，看到一个小塆子里的一座小小的农家书屋门口，贴着这样一副对联：

二月杏花八月桂
三更灯火五更鸡

那一瞬间，我的心中感到无比温暖和激动。我猜想，写这副对联的人，一定是村里某一位很有学问的老先生。因为这副对联不仅字面上很美,还很"励志"。前一句赞美了小山村春日和秋天的自然景色,会让人顿时产生对自己美丽家乡的热爱之情;后一句描写了小山村日出而作、日落而息的平静生活,同时也在勉励那些经常来书屋读书的大人和小孩:如果你真心喜欢读书,就应该像三更的灯火、五更的鸡鸣一样,闻鸡起舞,勤苦发奋。"一年之计在于春,一日之计在于晨"嘛!

这副对联也让我想到,那些星星点点的,仿佛一座座童话小屋一样,散落在全国各地山村、乡野、小镇上,甚至是大草原深处和偏僻的深山里的小小书屋,不也像二月杏花、八月桂花一样,每天在散发着淡淡的书香,吸引着和熏染着坐在书屋里的每一位读者吗?不也像三更灯火一样,为山乡和田野里的农家人送来知识和文明的光亮与希望吗?不也像五更鸡鸣一样,激励着一代代乡村孩子,与每天的晨星与晨曦一起,早早醒来,振作精神,与书为友,拥抱知识,去迎接每天升起的新的太阳吗?

据了解,在我们祖国辽阔的乡村大地上,目前已经建起了60万座农家书屋。这些书屋有的大一点,有的小一点;有的漂亮一些,有的还比较简易,有的暂时还只"坐落"在书屋管理员的家中……但是,每一座书屋,都有自己独特的故事;每一座书屋,都有自己不平凡的成长经历,有一些永难忘却的温暖的记忆。

这些书屋的美与魅力,往往不是因为它们的大,恰恰是因为它们的小;也不是因为它们有多么华丽、高雅和阔气,恰恰是因为它们的简朴、安静、"接地气",是因为它们与农家人、农家娃心贴着心、"大手拉小手"的那种亲近……

长江万里,奔向辽阔海洋;青峰千仞,阅尽天地苍黄。大江不择细流,所以能够源远流长;高山不让息壤,方有层峦叠嶂。

我们从这些农家书屋的一个个朴素和真实的故事里,看到了人类智慧和文明的灯火,对正在成长中的山村孩子的吸引与引导;看到了一代代农家人、农家娃与小小书屋的那些"美丽的约定"——其实就是对人类最新的科学文明成果的拥抱,对美好生活的梦想与向往……

是的,没有任何大船,能像书本一样,载着我们去大海远航;也没有任何骏马,能像一页奔腾的诗行,把我们带向梦想的国度,带向美丽的诗和远方……

一座座灯火明亮的小小书屋，驱散蒙昧，开启新知，让孩子们的黑眼睛，变得更美、更亮；展开阅读的翅膀，孩子们的视野，将比天空高远、比海洋辽阔、比草原宽广；进入阅读的世界，孩子们听到了真善美的呼唤、穿越古今的回响，接受了千百年来那些伟大的精神和心灵的激荡。没有什么比阅读，更能让他们的心变得更明亮、更真实、更为博大；也没有什么比阅读，能让他们飞得更远、更高、更有力量！

有了小小书屋，孩子们穿越了古今中外，小小的心儿遨游在美丽的远方；有了小小书屋，他们的想象力获得了飞翔的翅膀，飞越了黄河、长江、恒河、尼罗河和密西西比河，突破了不同地域、民族、文化、语言和肤色的障碍，跨越了印度洋、大西洋、北冰洋和浩瀚无边的太平洋。

小小的农家书屋，是播洒在大地上的书香、梦想和希望的种子，是滋润着农家人心灵荒野的涓涓细流，是照耀着阅读之花开遍城乡的温暖阳光……

我曾经这样猜想过：假如没有书屋，我们会在哪里？

真实地说，我想不出一个更好的答案。

还有，你在为谁读书？读书到底有什么意义？如果你正因为这些问题在苦恼着，那么，也许你从这些真实的故事里，也能找到一些答案和解决的方法。

亲爱的孩子们，当你们读着这本书，读着你们自己或同龄人的，和书屋一起成长的故事，我相信，你们一定也会像故事里的那些小朋友一样，怀着一颗感恩的心。

因为，每一座书屋的管理员，他们也都是心怀梦想的"点灯人"，是风雨无阻的"摆渡者"。有了他们，书屋里就有明亮的灯火；有了他们，我们的童年里就有了划向知识海洋的小船，就有了通向文明世界的桥梁。他们还是传播书香的"领读者"，赠人玫瑰，手有余香。分享阅读体会，扩大阅读影响；拓展阅读平台，凝聚阅读力量；讲好读书故事，引领阅读风尚……这也是他们最美丽的梦想。

星星之火，可以燎原；涓涓细流，汇成长江……

习近平总书记在中国文联十大、中国作协九大开幕式上的讲话中说："今天，在我国960多万平方公里的大地上，13亿多人民正上演着波澜壮阔的活剧，国家蓬勃发展，家庭酸甜苦辣，百姓欢乐忧伤，构成了气象万千的生活景象，充满着感人肺腑的故事，洋溢着激昂跳动的乐章，展现出色彩斑斓的画面。"

是的，在祖国辽阔的山乡田野间，每一个孩子，也都是我们的宝贝，一个都不能少！

祝福你们，山乡和田野的孩子们！

祝福你们，星罗棋布的小小书屋！

读书，是一件多么美好的事！哪里有你们，哪里就有琅琅的朗读声；哪里有你们，哪里就有阅读的灯火在闪亮。

"是谁传下这诗人的行业，黄昏里挂起一盏灯？"这是著名诗人郑愁予先生的名句。如果把诗中的"诗人"二字换成"书屋"，也是多么恰当。书屋的灯光，是照耀着人世间的最美灯光。愿小小书屋散发出的芬芳书香和小橘灯般的光芒，永远熏染和照耀在乡村、田野、山坳、小镇的每一个角落。

祝愿你们，永远怀着"一个都不能少"的信念，用爱去传递爱，用书香去播撒书香，用心灵去把更多的心灵照亮！

徐 鲁
二〇一八年七月

小书虫们的快乐时光

假如有一天,你将独自驾驶着一艘小船,绕着地球旅行;或者你将只身前往一座孤岛,在那里生活一年或更长的时间,而你只能,或者只允许你选择一样东西带在身边,那么,你会选择什么呢?

是一大块蛋糕、一副扑克牌、一只小松鼠、一本美丽的画册,还是一本书、一个八音盒、一把口琴?

每个人都可以自由地做出自己的选择。最终的结果是,大多数人更愿意选择一本书。

这是为什么呢?原来,蛋糕吃完就没了;扑克牌和松鼠不久就会变得乏味;围绕在孤岛四周的大海上的景色,胜过你带去的最美丽的画册;而八音盒和口琴也许只能唤起你更强烈的孤独感……

唯有一本书——一本你所喜爱的书，才像是一位永远亲切和有趣的旅伴，它会伴随着你，给你无穷无尽的想象和欢乐，让你百读不厌、常读常新，带领着你不断地去感知和发现新的真理。它还将帮助你战胜寂寞和孤独，像在黑夜里闪烁不熄的小橘灯，像明亮的星星和小小的萤火虫，为你照亮夜行的小路，帮助你认识世上的真假、善恶和美丑。

是的，书是童年时代最好的伙伴。没有什么东西能像美丽的书本一样，帮助我们去认识、寻找、发现和感知那些未知的事物。

红堡子村，是甘肃省会宁县第一大村，全村有八千多人口。红堡子村又是一个有着"红色记忆"的村庄，是中国工农红军在伟大的长征途中生活、停留和战斗过的地方。如今，这里已经被列为省级爱国主义教育基地。

曹刚是红堡子中学初中一年级学生，今年刚刚被学校评为"道德模范"。可是，如果我告诉你，四年前，他还是一个不守纪律、喜欢打架闹事、学习成绩全班倒数第一的学生，你也许还会有点儿不太相信吧？

是的，曹刚的转变，简直就像是一个小小的奇迹。

他是怎么做到的呢？故事还得从头讲起……

曹刚三岁时，爸爸不幸去世了，拉扯他们四个孩子的担子，就落在了妈妈曹淑兰一个人身上。由于家里的农活繁忙，妈妈也就没有时间对几个孩子进行应有的家庭教育。渐渐地，曹刚不走正道了，上课不好好用心，平时经常欺负小同学，到处惹是生非。每次考试，曹刚总是全班倒数第一。每个老师提起他，都觉得有点儿头疼。

为此，辛苦养家的妈妈也不知暗暗地流过多少眼泪。

2015年暑假的一天，曹刚的妈妈要去王家文化大院的农家书屋干活儿，她怕曹刚又跑到外面打架闹事，就把曹刚也带到了王家文化大院。

这个"王家文化大院"，是从红堡子村走出去的一位文化人王东良教授，为了回报家乡，和爱人王琳一起出资创办的。大院内除了有纪念馆、博物馆、电影放映厅，还有一座有将近十万册藏书的农家书屋。曹刚的妈妈就在这里帮着管理这个农家书屋。

让妈妈意想不到的是，曹刚一进入琳琅满目的农家书屋，竟然眼睛发亮，感到特别好奇。

"妈妈，这么多书呀，我能看吗？"他问妈妈。

妈妈说："怎么不可以呢，农家书屋里所有的书，都是免费让大家看的。"

听了妈妈的话，曹刚就在书架上挑了几本儿童书，坐在书桌前看了起来。这些儿童故事书，好像具有神奇的魔力一样，一下子就把小曹刚吸引住了。他坐在那里，竟然安安静静地看了好久。在妈妈看来，这可是"太阳打西边出来了"呢！

让妈妈更为惊喜的是，接下来的一连几天，曹刚都是在农家书屋度过的，妈妈因此也就省了不少担心。妈妈做梦也不会想到，从此，曹刚便迷上了农家书屋，迷上了看书。

有一天，曹刚从农家书屋回来，一进门就问妈妈："妈妈，书上说，调皮捣蛋的孩子，如果改正错误，照样是有出息的孩子。妈妈，如果我现在就按照书上说的去做，我能变得有出息吗？"

妈妈听了简直不敢相信自己的耳朵，顿时高兴得流下了眼泪。

妈妈说："孩子，你本来就是妈妈心中有出息的儿子！你能的，一定能的！妈妈相信你！"

从此以后，曹刚就像完全变了一个人似的，再也不随便欺负小同学了，上课也变得老老实实、用心听讲了。

因为他一到星期天就跟着妈妈去农家书屋看书，有时还帮妈妈整理图书、打扫卫生，渐渐地，书读得多了，作文成绩也很快得到了提高，连以前见了他就会摇头的老师，也经常伸出大拇指，为他"点赞"了。

现在，曹刚不仅成了王家文化大院农家书屋最忠实的小读者，还经常受到文化大院里和邻居家的叔叔阿姨们的夸赞。他的妈妈，再也不用像从前那样，为他的成长提心吊胆、愁眉苦脸的了。儿子的改变，成了妈妈心中的骄傲，以前从来不愿在人前出头露面的妈妈，竟然自告奋勇地当上了村里的舞蹈队队长。

读书的魔力真是大呢！曹刚不仅自己成了农家书屋的"常客"，他还把过去和自己一样学习不太用心，一天到晚总喜欢想着怎样调皮、搞点恶作剧的同学，一个一个都带进了农家书屋。

昔日里的"捣蛋帮"，现在竟然变成了"读书帮"！王小唐、李可、史进南、王亚洲、丁磊……一个个曾经都是那么让人头疼的孩子，在农家书屋里一本本好书的熏陶下，慢慢地都改掉了各自的不良习气，变得懂礼貌、肯学习、会体谅家长和老师的辛苦了。

农家书屋里的一位叔叔笑着说:"脱轨的卫星,又回到了正常的轨道;迷路的小羊羔们,自己找到了回家的路!这就是农家书屋的力量吧。"

曹刚和他的小伙伴们说:"谢谢农家书屋,把我们变成了一群小书虫,让我们在这里度过了快乐的时光……"

曹刚这群"小书虫"的故事,被一传十、十传百地传到了甘肃很多的地方。特别是在一些农家书屋里,人们常常把这群小书虫的故事作为活生生的"励志故事",讲给来读书的孩子们听。

慢慢地,在甘肃省其他地方的农家书屋里,也涌现出了不少像曹刚这样爱读书的小书虫。

天水的什字坪村,也有一座农家书屋,那是村里大人孩子都爱去的地方。13岁的叶鑫仪,是六年级的学生。她从小就特别爱读书。书里面动人的故事、深奥的道理就像磁石一样深深地吸引着她,让她欲罢不能。妈妈每年也会给她买几本书,可这数量很难满足她对阅读的渴望。

于是,她走到哪里都想找书看,阿姨家、姑姑家、姐姐家……只要有一本书，她都会像宝贝一样，捧在手里津津有味地读。弟弟妹妹们玩的时候她总是一个人在捧着书看，后来大家也都叫她"小书虫"。

可是，小书虫也有自己的苦恼，因为能找到的书都看完了，让妈妈多买几本吧，这并不现实，毕竟爸爸妈妈的经济能力有限。

有一天，突然传来一个好消息：村里开办了农家书屋，可以免费借书看。这简直太棒了！叶鑫仪兴奋地走进书屋，啊，这里真是一个书的世界！一排排整整齐齐地排列着的有故事书、诗集、散文、小说，还有怎样种花、种树、种庄稼的书呢！

从此以后，每到星期五放了学，叶鑫仪都会到农家书屋去看书。渐渐地，弟弟妹妹们看姐姐在农家书屋读书，也跟着一起去。不知不觉，星期五放了学后去农家书屋读书，就成了这些孩子雷打不动的习惯。孩子们安安静静地坐在椅子上津津有味地看书，沉浸在书中的故事里，经常会不知不觉忘了时间。

村里的农家书屋刚开始借阅图书时，因为怕图书丢失或损坏了，每本要交10元钱押金。可是，像叶鑫仪这样的小学生，身上没钱，怎么办呢？不久，年逾

农家书屋管理员李华忠和孩子们

古稀的书屋管理员李华忠爷爷，看到孩子们常常因为没有押金而借不到书，就果断决定，任何人借书都不必交押金。很快，越来越多的小书虫过来看书、借书了。

有了农家书屋，小书虫叶鑫仪再也没有缺少书读的苦恼了。对这些"贪吃"的小书虫来说，只要捧起一本自己喜欢的好书，能够坐在书屋里静静地读上一会儿，就是他们最快乐、最幸福的时光。

大草原上的小书屋

一间小小的农家书屋,就像茫茫草原上的一座小小的灯塔,是草原上孩子们每天心心念念的地方;又像是雨后的草原生长出来的美丽的蘑菇,散发着清新和芬芳……

坐落在科尔沁大草原深处的吉林省通榆县包拉温都蒙古族乡,有个名叫"迷子荒"的偏远的小村子。以前,还没有农家书屋的时候,这里曾在一年里接连发生了四起未成年人犯罪的事件,这让张树森老人很是揪心。

从乡党委秘书岗位上退休后,张树森一直在想,能不能找到什么好的方法,通过自己的一些努力,让村里的风气变得好一些呢?特别是让村里的孩子们,能有个安静和文明的去处,能帮助孩子们健康、快乐地成长呢?

于是,他萌生了办一间书屋的念头。他的想法得到了家人和朋友的一致支持。一间小小的书屋,就像雨后草原上的蘑菇,很快就冒出了地面。张树森不顾自己年迈,义务承担起了农家书屋管理员的工作。

书屋开起来后,他和老伴一年365天都吃住在书屋,这样就可以让书屋一天24小时都对乡亲们和孩子们开放。村里有十来位退休老干部、老教师、老战士,这些被村里人称为"乡贤"的老人,受到张树森老人的感召,也纷纷做了书屋的志愿者,轮流着义务来为读者服务。当地政府也给了书屋一些扶持,陆续配备了两万多册书。

农家书屋一天天红火了起来。以前只喜欢闲逛和打牌的村里人,现在都懂得来农家书屋学习"充电"了。养牛专业户,来这里学习了养牛的科技后,发了"牛财";种植户来这里学习科学种田的知识后,获得了丰收;还有的村民来学习了一些法律知识,成为"法律明白人"。更让很多人没有想到的是,农家书屋创办了几个月后,村里唯一的一家网吧关门大吉了。

13岁的安慧玲,从7岁时就开始"泡"书屋,是这间书屋的"老读者"了。2016年秋天，慧玲家种的4公顷玉米，秆儿长得挺高，产量却比邻居家少很多。慧玲的爸爸妈妈思来想去，也找不出原因。他们心里有些不服输，决定来年再种一茬玉米试试。小慧玲听后，对爸爸妈妈说："要学会科学种植！你们为什么就不去农家书屋找点书看看，弄清楚到底是什么原因呢？"

爸爸虽然有些心动，但还是强词夺理："你一个小孩子懂什么，这不关看不看书的事儿。"

看来，爸爸妈妈一点也不情愿，更不会积极地去书屋找书看。但安慧玲并没有放弃，她从书屋借来《玉米技术问答》《玉米种植病虫害防治》和《玉米高产种植技术》等5本有关玉米种植科技的书，默默地交给了爸爸妈妈。爸爸妈妈没说什么，将信将疑地看了起来。这一看才发现，原来自家的玉米在品种、肥料配比等几个方面都存在失误。

2017年春季，小慧玲家又承包了村里25公顷耕地。爸爸妈妈把家里的责任田和承包的地，全部种上了更好品种的玉米。这一次，他们家玉米种植的每一步，都是按照书本上的指导来进行的。7月中旬，玉米地里发现了大量玉米螟，他们家又按书上介绍的方法及时

农家书屋内专注的读者

防治。真是灵验呢！玉米螟很快就被消灭了。到了秋天，慧玲家的玉米收获了 11 万多公斤，被乡里评为"种粮大王"，爸爸还在乡里的表彰大会上，光荣地戴上了大红花。

这次收获让慧玲的爸爸妈妈乐得合不拢嘴，不停地夸赞女儿聪明。慧玲说："不要夸我，你们要夸就夸村里的农家书屋，是那些科学种田的书，是那些科学知识，帮了我们家的大忙呢！"

从此以后，不仅慧玲自己成了农家书屋的忠实读者，她的爸爸妈妈也都成了农家书屋的常客，全家的

农家书屋管理员张树森在为青少年讲故事

读书气氛可浓了！

村里的谭淑珍老奶奶有个孙子，名叫曲阳。小曲阳也是农家书屋的忠实小读者。6岁之前，他一直在天津和打工的爸爸妈妈生活在一起。后来，爸爸妈妈离婚了，妈妈改嫁到了别的城市，曲阳就跟爸爸一起生活。可是，爸爸每天要到工地干活，哪有时间照顾幼小的孩子呢？所以，爸爸只得把小曲阳送回来让奶奶看着。

但是，奶奶有严重的心脏病，很多时候只能躺在床上，也不能陪他出去玩儿。小曲阳感觉很孤单。

就在小曲阳回村的第五天，张爷爷来到他家。腼腆的小曲阳赶紧躲在了奶奶身后,只听张爷爷说:"大姐,我给您送书来啦!这是政府刚给咱书屋配的一批新书,我瞅着这本《心脏病用药与配餐》对您有用,今天赶紧给您送来。身体怎么样啊?"

奶奶把躲在身后的曲阳拉过来,说:"这是村里农家书屋的管理员张爷爷,快,问爷爷好!"

原来,张树森除了在书屋一天忙到晚,为了让那些因为年纪太大或生病了出门不方便的人也能看到农家书屋的书,他每个星期专门挨家挨户给这些人送一次书,这一送就是十来年。为了送书快捷,他还自己花钱买了一辆电动摩托车。

小曲阳好想去农家书屋看看,他很好奇,农家书屋是什么样子呢?那里有什么好玩的东西吗?

没过两天,张爷爷又来了。张爷爷已经了解清楚了小曲阳的处境,所以特地给他送了一些儿童书来。从那以后,张爷爷每次来给奶奶送书时,都不忘给小曲阳挑上几本儿童书。奶奶出门不方便,小曲阳又刚回村,还不太"合群",一天到晚都有点儿闷闷不乐。可是,有了张爷爷送来的这些有趣的书陪伴着他,他就像拥有了自己知心的小伙伴一样,心情一天天好了起来。

这一天正好是周日,又到了张爷爷来送书的日子。曲阳一大早就醒了,迫不及待地往门口看了很多次。奶奶说:"心急吃不得热豆腐。你张爷爷要一家一家地送呢,再等等吧。"

快到中午的时候,曲阳终于又听到了熟悉的电动摩托车声。这一次,张爷爷给奶奶送来了一本《陪孩子长大》,叮嘱她好好看看,可能对怎样引导曲阳有用。

奶奶说:"真是感谢你啊,按照你上次送来的书中讲的方法用药、配餐后,我感觉舒服多了!"

曲阳看见张爷爷来了,就跑回里屋抱来一个小纸盒子,一声不响地递给了张爷爷。张爷爷打开一看,里面是一瓶水果罐头。

曲阳说:"张爷爷,谢谢您送我爱看的书,这是我给您买的。"

平时有点腼腆、不爱说话的曲阳,小脸蛋儿憋得红红的。显然,这句话在他心里练习很多遍了。

奶奶笑着说:"真懂事儿呢!这个连奶奶都瞒住了!前几天,他爸爸寄来点儿钱,是他自己偷着给您买的,这是孩子的心意呢!"

张爷爷高兴地轻轻拍着曲阳的肩膀说:"谢谢你

啦,好孩子!罐头留着你和奶奶吃,你的心意爷爷领了。别忘了业余时间多到农家书屋来读书哟!"

曲阳使劲儿地点了点头。

从此,大草原上的小书屋,成了小曲阳最爱去的地方。他在那里也结识了不少爱读书的小伙伴。

在科尔沁草原上,七月的天就像孩子的脸,傍晚时分,刚刚还晴空万里,不一会儿就电闪雷鸣,下起了瓢泼大雨。

这时,农家书屋里还有七个孩子正在专注地看着书。过了好一阵子,雨还是丝毫没有要停下来的意思。到吃晚饭的时候了,因为担心孩子们饿着,张爷爷就张罗着拿来方便面,让老伴儿烧了开水,给孩子们泡面吃。

这七个孩子中,有个名叫孟柱的小男孩儿,是村民孟庆祥的儿子。孟柱原先在县城里读书,但县城里网吧多,孟柱迷上了上网,耽误了学习,成绩老也上不去。后来,孟庆祥看到村里的孩子经常在农家书屋里读书,一个个进步那么大,就把儿子又转回了村里的学校。

回村当天,他就把孟柱领到了农家书屋,说:"这孩子小,不知道用功学习,喜欢上网,让他来这里多看看书吧。"

从此以后,张树森老人和书屋的志愿者们,就像对待自己的孩子一样,又是督促又是辅导,不久就帮助孟柱戒掉了"网瘾"。孟柱也把农家书屋当成了自己的"第二课堂",他不但用功学习,还常常把学到的知识讲给同学们听。因此,同学们都夸他是"小网迷变成了小博士"。

这天一直到了晚上8点多钟,雨还没停。为了不让孩子们的家人担心,张树森爷爷与志愿者们商量,决定每人护送一个孩子回家。张树森爷爷负责护送孟柱,因为他家离书屋最远。

风雨之夜里,这一老一小互相搀扶着,深一脚浅一脚地往孟柱家走去。乡村的夜伸手不见五指,手电筒在黑暗中挖出一团小小的光亮,无数的雨脚像扑火的飞蛾一样扑向这团光亮。走了大约三公里,终于到了孟柱家。

当时,孟柱的爷爷已经穿好了雨衣,正要去接孟柱。看到张树森爷爷亲自把孙子送回家来了,想想张爷爷也是年近七旬的老人了,孟柱爷爷一把抓住张爷爷的手,说:"有了你的小书屋,村里的孩子们真是有福了!孩子去你那里,我最放心了。太谢谢了!"

孟柱不仅把农家书屋当成了自己的"第二课堂",而且当成了自己的另一个"家"。一年后,他成了学校的"三好学生"。2017年夏天,孟柱中考成绩全校排名第一,成为大家称赞的"小状元"。

书的魅力是可以互相"传染"的。受到儿子的影响,孟柱的父亲孟庆祥,也成了农家书屋的常客。他通过看农家书屋的书,学到了不少科学种植和养殖技术,又是养羊,又是种粮,很快就成了村里的富裕户。有一次,孟庆祥来到农家书屋,还忍不住赋诗一首呢:"农家书屋就是好,里里外外都是宝。书中指引圆梦路,老少齐飞翱翔高!"

什么事能让家乡变得更美？

好多同学都觉得奇怪：陈芷瑶为什么这么喜欢看书呢？有什么秘诀吗？陈芷瑶笑笑说："有啊，你们跟我来看看就知道了。"

下午放学，芷瑶把几个要好的同学带到了她放学后最喜欢去的地方——村里的那一间布置得十分温馨的农家书屋。

小芷瑶的家乡是福建省三明市沙县青州镇澄江楼村。让她越来越喜欢上读书的一个"秘诀"，就是农家书屋里的一位会讲故事的陈姑姑。陈姑姑名叫陈玉玲，是这间书屋的管理员。2015年4月20日，陈玉玲参加了由青州镇文化站举办的"4·23世界读书日"全民阅读推广活动后回到村里，看到几个因父母在外务工而留守在家的孩子，周末时间总是在家门前嬉闹，在路边乱跑，就萌生了利用农家书屋，慢慢吸引这些孩子坐下来，快乐地听听故事、读读名著的念头。

她的想法得到了青州镇文化站钟积金站长的支持。陈玉玲性子急，很快就把周末在村里农家书屋举办"听故事、读名著"活动的公告张贴了出去。没想到，她的主意得到了村民们的交口称赞。

不久，每到周六，村里的老人们就将孙儿孙女送到了农家书屋，陈玉玲就利用书屋里的故事书，每周给孩子们讲一个不重样的故事。听完故事，陈姑姑还引导孩子们自己选书、读书，每人选择一本。孩子们选的书五花八门，有《神话故事》《西游记》《红楼梦》《三国演义》《水浒传》《十万个为什么》《小王子》《中国历史故事集》等。

时间一久，周末到农家书屋听陈姑姑讲故事，就成了澄江楼村孩子们最期盼、最快乐的时刻。小芷瑶就是这些孩子中最积极的一个。陈姑姑讲的故事，就像小精灵一样吸引着她。有时她觉得自己就是一只"丑小鸭"，历经磨难，靠自己的努力，终于飞了起来，变成了一只美丽的、在蓝天自由飞翔的白天鹅；有时

孩子们一起在书屋看书学习

她会跟着"小猪唏哩呼噜"的兄弟们嬉戏玩耍,又会跟着"小布头"到处旅行;有时还会坐上"神奇校车"开启惊险、刺激的旅程;她还会梦想着像"花婆婆"一样做一件让世界变美的事……

听着听着,她突然觉得,陈姑姑不就像"花婆婆"一样,在做一件让世界变美、让家乡变美的事吗?

渐渐地,陈姑姑讲的故事就像春天的小雨,让一棵棵正在生长的小苗获得了及时的滋润。农家书屋里的藏书,小芷瑶们如饥似渴地看完了一本又一本,每一本书都好像在孩子们面前打开了一扇神奇的窗户。

因为喜欢上了阅读,芷瑶的学习成绩也越来越好,成了班上讲故事的"小能手"。一下课,同学们就围着她,让她像陈姑姑那样讲故事。原本性格内向,还有点害羞怯场的芷瑶,也一天天变得自信、开朗了。在"读书节"上,她给全校老师和同学讲故事,博得了大家阵阵掌声,捧回了金灿灿的第一名奖杯。

其实,在陈姑姑的农家书屋里,像小芷瑶这样爱读书的孩子,还有不少呢!

小男孩儿陈远业,一直是他爷爷眼里的"调皮鬼",每天不到吃饭的时候,爷爷总是看不到孙子的身影。老师也说他上课总是坐不住,像是屁股长了钉子一样。

可是,就是这样一个"野孩子",如今也成了农家书屋的"常客"。小远业的变化,竟然让他的爷爷也感到惊奇呢!

那是一个周六的傍晚,太阳落山了,疯玩了一天的远业肚子有点儿饿了,正准备回家,这时,他看见几位熟悉的同学,正结伴往一个地方走去。

"喂,你们要去哪儿呀?"

"农家书屋呀!听陈姑姑讲故事去。"

陈远业心想：咦，这是什么地方？我怎么不晓得？

因为好奇，他跟着那几个同学一路走到了农家书屋。这间别致的小房子是什么时候出现的呢？不会是从天而降的吧？他一边在心里嘀咕着，一边脚步不由自主地和同学一起，迈进了书屋。

这时候，虽然天已经不早了，但书屋里还是坐满了人。那位声音温和的陈姑姑，今天给大家讲的是《神奇校车》的故事。

故事一下子就把陈远业深深吸引住了。他特意搬了把小椅子，放在离陈姑姑最近的地方，坐下来，静静地听着。

等陈姑姑把故事讲完了，他也学着别的同学的样子，冲到陈姑姑面前，借了这套书中的一本，津津有味地看了起来。

陈远业真想不到，书中竟有这样神奇好玩的故事。那些故事如磁铁一般深深地把他吸引了过去。一本书看完了，好像还有点儿不过瘾。陈姑姑早把他的举动看在了眼里，就趁机又给他介绍了书屋里其他一些好看的书，比如《要是你给老鼠吃饼干》《我的野生动物朋友》《了不起的狐狸爸爸》《我有友情要出租》……

一本本好书，就像在这个"野孩子"心灵的旷野上，点亮了一盏盏明亮的灯，一下子照亮了他前面的道路。从此以后，到书屋里听故事、看好书，成了陈远业每个周六雷打不动的安排。

有时候天很晚了，他还没有回家。他的爷爷再也不用四处去寻找他了，只要到农家书屋去，准能"逮"着他！

前面说到的那个小芷瑶，曾写过一篇作文——《什么事情能让家乡变得更美？》她这样写道：坐在小小的农家书屋里静静地阅读，可以让家乡变得更美。因为，老人们坐在这里，可以享受晚年安静幸福的时光；孩子们坐在这里，小小的心儿可以跟随着陈姑姑讲的故事，飞翔到很远很远的远方；还有那些平日里喜欢到处游逛、打牌甚至打架的人，坐在这里可以学到科学种植的知识和本事，还可以慢慢认识到自己的粗野和无知，慢慢地改变自己，让自己变得文明和智慧一些，变得更加热爱自己的家乡、热爱自己的生活……

读书，是多么美好、多么幸福的事呀！

大上海的农家孩子

一说到"大上海",很多小朋友也许马上就会想到那些高楼大厦,想到黄浦江边的那座高高的"东方明珠",想到热闹的外滩,还有船只来来往往的黄浦江入海口,当然,还有欢乐的迪士尼乐园……

可是,你知道吗?大上海也不仅仅是一座大城市呢!大上海的郊外,也有农村和田野,也有一些农家娃呢!他们当然也是上海人,是大上海的孩子。

朱远航的家在上海市松江区新源村。10岁那年,她的爸爸不幸遭遇车祸,过早地离开了人世。后来,妈妈改嫁了,留下小远航跟着爷爷奶奶一起生活。爷爷是一位退伍老兵,已经70多岁了,无法从事过重的体力劳动,家里的生活费用,大部分由政府的补贴和照顾维持着。

在这样的家庭环境里生活，小远航变得有点儿自卑和孤僻，不爱说话，不爱笑，也不爱出去和小伙伴玩耍。就像一只孤独的、失群的小鸟，她找不到自己的天空和小树林。

村里有座农家书屋，书屋的管理员鲁琼每次看到小远航孤单的身影，心里就有点儿心疼这个小女孩儿。她知道，这个孩子以前可不是这样的呢！以前的小远航就像是一只喜欢叽叽喳喳地唱歌的小鸟，可喜欢笑了！一笑，腮上就出现两个美丽的小酒窝儿。

鲁琼姐姐一直想找到一种好的方法，帮助小远航振作起来，重新找到失去的欢乐。有一天，她看到远航一个人坐在家门口的石阶上发呆，她问远航，为什么不和小伙伴们一起玩儿呢？

远航说，她好想一下子就能长大，好想成为有力量的人，那样就可以救活爸爸，妈妈也就不会走掉了。鲁琼姐姐听了，紧紧地把她搂在怀里，抚摩着她的头发说："远航，你听我说，虽然你爸爸不在了，但只要你振作起来，好好读书，学到本领，等你长大了，就可以去救别人的爸爸，一样可以成为有力量的人呀！"

农家书屋管理员鲁琼和孩子一起阅读

在鲁琼姐姐的鼓励和引导下，小远航开始到村里的农家书屋看书，听鲁琼姐姐给她讲一些温暖的故事和做人的道理。鲁琼姐姐还特意仔细地给她讲解了书屋里挂着的那幅醒目的书法条幅："书山有路勤为径，学海无涯苦作舟"。一天天过去了，小远航在书屋读了不少鲁琼姐姐推荐给她的书。她读到了意志坚强、智慧超群的科学家霍金的故事；读到了用自己的意志"扼住命运的咽喉"的音乐家贝多芬的故事；还读到了跟她的命运相似的一个小女孩儿海蒂的故事……

这些励志的故事和温暖的书本，帮助小远航驱走了心头的迷雾，让她明白了"宝剑锋从磨砺出，梅花香自苦寒来"的道理。

农家书屋成了小远航的另一个"家",一有空她就跑过来帮着鲁琼姐姐一起组织各种读书活动,爷爷奶奶、鲁琼姐姐也时常能听到她爽朗的笑声了。

几年以后,朱远航这只孤单和失群的小鸟,在风雨中练出了一双有力的翅膀,终于可以展翅飞翔了。她凭借自己的勤奋好学,以优异的成绩考取了上海市重点中学松江一中。

在一次征文比赛中,她的《让心灵在阳光下起舞》还荣获了2014年度"百万青少年学生探访志愿军老战士"双拥征文一等奖。她的妈妈得知了这个好消息,眼睛湿润了。妈妈心中一直很愧疚,觉得没有照顾好女儿。妈妈告诉远航,她真心为自己的女儿感到骄傲,妈妈让远航继续努力,好好珍惜学习的机会。

远航告诉妈妈,她能有今天的成绩,最感恩的是鲁琼姐姐和村里的书屋。正是鲁琼姐姐用她温暖和疼爱的目光,不断地鼓励这个小女孩儿说:"你要相信啊,再小的星星,也会有自己的位置和光亮!"

书,让一艘几乎搁浅的小船,重新鼓起了风帆,继续远航。书,也在一颗孤独和封闭的心儿与周围世界之间，架起了一道坚固的桥梁，让弱小的生命变得更加坚强和辽阔。

像朱远航一样，谢青也曾有过一个不幸的童年。他是一个患有"脑瘫后遗症"的孩子，疾病给他和整个家庭带来了很多烦恼。因为谢青行动不便，语言表达上也不太利索，小伙伴们觉得听他说话太费劲，渐渐地都失去了和他玩耍与交流的耐心。

谢青一度也像一只受伤的小鸟、失群的孤雁，陷入了孤单无助的境地。

农家书屋刚建立的时候，孤单的谢青听说书屋里有好多书，就央求妈妈带他来这里看书。他期待着，那些书本能够成为他"沉默的朋友"，因为他和书本之间，不需要用"言语"来交流，只需要用真诚的心灵沟通就可以了。

书屋里有一股淡淡的味道，时而清冽，时而浓郁，比草香浓郁，比花香暗淡，那就是书香的味道吧。谢青第一次来书屋，就深深地喜欢上了这种味道。

虽然少了与伙伴们玩耍的时光，但是谢青可以安心地扎在书堆中。他看书很快，管理员鲁琼每周都能看到谢青的妈妈稳稳地推着轮椅，带他来到书屋。她会特意走过去说一句鼓励和欢迎的话："嘿,谢青,又来啦!"

时间久了,谢青与鲁琼渐渐熟了起来,会腼腆地主动说:"我又来啦!"

细心的鲁琼留意到,谢青特别喜欢文学和历史类的书,就特意把这两类书整理出来,摆放到靠下面的一层,这样可以方便谢青取阅。

大多数时候,谢青都是慢悠悠地来书屋,而且每次都像回自己家一样,熟门熟路地绕着书屋精挑细选,选的书也逐渐有了自己喜爱的方向,每次离开时,他都会揣着一大摞自己挑选出来的文史书籍。

寒来暑往,柳色秋风。转眼间,十个年头过去了,谢青也长成大人了。

现在,爱看书的谢青自己都能写书了!他成了一个颇有知名度的网络作家,还有了一个可爱的女儿。

女儿小荣静长大一点儿后,谢青常常带着她来到书屋,给她讲故事。谢青说:"书上说,最是书香能致远。我家的小荣静,也许就是为了传承这一缕美丽的书香而来到这个世界的吧!"

是呀,农家书屋播下的书香的种子,又将在大上海新一代农家孩子的心中开花、结果。

长满书的大树

有一个外国的小姑娘,曾经这样想象过:世界上有一棵美丽的大树,绿荫郁郁,所有的书,就像红樱桃、黄橘子和褐色的栗子一样,长在这棵大树的树枝上,有大有小,有粗糙的,有光滑的,只要一伸手就可以摘下来。特别是那些美丽的图画书,它们总是长在低矮的树枝上,这样,小孩子们只要一伸手,就可以摘到它们……

是呀,喜欢书,热爱阅读,与好书交朋友,让每一个孩子都有书读……这是多么美好的愿望,又是多么幸福的事情啊!

在湖南省辰溪锦滨家园移民新村里,就有这样一棵"长满书的大树",这棵"树"一下子吸引了村里所有的大人和孩子。2017年8月的一天，一场名为"我的书屋·我的梦"的暑期农村孩子读书演讲会，正在这棵"长满书的大树"下热热闹闹地举行。

这个移民新村，是响应国家精准扶贫号召，从别的地方整体搬迁过来的一个贫困村。这间刚刚建成的书屋，就像是一棵长满书的大树；村里的每一个孩子，也像是栖息在树上的小鸟。长满书的大树成了他们流连忘返的乐园。

11岁的韩谢宇，是辰溪县孝坪镇白云中心小学五年级学生。他穿着海魂衫，俊朗的脸庞干净得像刚刚用山泉水洗过，皮肤细腻白皙，鸦翅一般长而浓密的眼睫毛，清澈的双眸宛如黑黑的围棋子，看上去非常阳光、健康。然而，他的演讲一开始就把大家镇住了……

原来，他不到一岁的时候，因为一次高烧，患上了小儿麻痹症，双腿再也不能如常地站立和行走。

可是，致残的只是小谢宇的腿脚，而不是他的心灵。他平时非常勤奋好学，而且性格好强，无论做什么，都有一股不服输的劲头，学习成绩一直名列前茅。小伙伴们送他一个绰号，叫"自信一号"。

其实，韩谢宇的自信，和他的家人一直重视读书

"自信一号"韩谢宇

分不开。虽然家里经济不富裕,一分钱要掰成两半花,但给谢宇买书的钱,一家人是从来不省的。后来镇上有了农家书屋,书屋的书是可以免费借的,这对于经济紧张的一家人来说,真是天大的好事。谢宇妈妈成了这里的常客。

孝坪镇地处山间,地势起伏不平,这对正常人来说根本不算什么,但对一个坐着轮椅的残疾人来说,一个陡坡都可能成为他出行无法逾越的障碍,所以,妈妈常常帮谢宇到农家书屋来借书。

她帮谢宇借过《一千零一夜》《安徒生童话》《鲁

滨孙漂流记》《乌丢丢的奇遇》……不善言谈的妈妈时常想到，自己小时候可以到小溪里捉鱼捉虾，到山上去采蘑菇、摘野果，可是，腿脚不便让小谢宇与这样的童年乐事再也"无缘"了。

不过，谢宇倒并不是太难过。对这个一向乐观自信的孩子来说，书，就像一匹骏马，骑上它，可以向着远方驰骋。书，又像是一艘大船，乘着它，可以到辽阔的大海上远航。不能走路的他，可以以书为马、以书当船，体验奔跑和远航的快乐。

有一天，妈妈帮谢宇借来了一本作文辅导书，书上有一篇不足300字的小学生作文，写的是电影《同一个蓝天下》的观后感。电影的主角是四川的一个叫成洁的小女孩儿，因为一次意外事故，失去了上肢，但她凭着坚强的毅力，学会了用脚写字、刷牙、缝衣、洗菜、梳头……

这天晚上，谢宇大声给外婆读了一遍这篇短短的作文，他告诉外婆说："这个小女孩儿和我很像，她是双手没有了，我是双脚不便，那她能做到的，我也能做到呀！"

原来，一家人都觉得他受了那么多罪，不忍心再让他干活，所以，穿衣服、洗澡、喝水、吃饭，都是家人帮助他，除了学习，他也差不多过着"饭来张口、衣来伸手"的生活。但是这篇他偶然看到的小作文，让他知道自己以后应该怎么做了。

耐人寻味的是，那部电影的主角小女孩儿成洁也是因为看了一部电影，知道了一个日本的残疾小女孩儿典子的故事，从此自己的人生态度发生了彻底的改变。

现在，就像典子的故事激励了成洁一样，成洁的故事又开始激励着生活在湘西孝坪小镇上的小男孩儿韩谢宇了。

从此，在很多生活细节上，谢宇谢绝了家人的帮助，慢慢尝试着自理，比如试着扶着桌子去倒水，自己穿衣服，自己洗澡……

一本书，就是具有这么大、这么神奇的力量！

在农家书屋里，韩谢宇用《路，在脚下延伸》为题目，给大家讲述了自己是怎样从一本书中得到启发，并发生改变的。让他没有想到的是，他发现，台下一个小姐姐听着听着就流泪了……

活动结束后，这位小姐姐跑过来，拿着一本《小王子》，说："韩谢宇，你讲得真好，典子的故事，成洁的故事，你的故事，都好感人哪！给，这本书送给你做个纪念吧！"

韩谢宇从来没想到，自己的故事会打动现场这么多人。

现在，他的心中有了一个美好的梦想：将来当一名作家，把自己的故事写下来，像典子那样，像成洁那样，去激励更多的人。

同时，他心里也明白了：最感人的书和故事，一定是最真实的人生故事。所以，他现在最大的愿望，就是用自己的心灵，用自己的努力，一步一步，去走好成长中的每一步……

"小演讲家"和"小故事迷"

"从前,有个小小的手指头,在书的森林里,沿着一条条字句的小路走啊走。这个小小的手指头,是一个男孩儿的,还是一个女孩儿的呢?没有人知道。它不停地走啊走,到处碰上好朋友,一字字,一行行,一段段,一页页。它走啊走,一直走到了书的森林的中心。一路上,它交了越来越多的朋友,大家都走同一条路。一片树叶,又一片树叶;一个朋友,又一个朋友;一棵小草,一缕花香,一片开满鲜花的草地,眼前的大森林越来越美丽。林中草地的中央,生长着最大的一棵树,最高的一根树枝上站着一只'书鸟',一看到这个小手指头,它就立即唱起歌来,歌声是那么动听:'读——读——读书……读——读——读书……'"

这天,一个名叫萌萌的小女孩儿,正在一个小村庄的农家书屋里,给大家讲一个"书鸟"的故事。她的故事讲得太有趣了,坐在书屋里听故事的老人和孩子,都把最热烈的掌声送给了她。

"真不愧是一个'小演讲家'呢!"

"是呀,萌萌讲得太棒了!"

小伙伴们也纷纷称赞她。

可是,你也许想象不到,就是这个"小演讲家",两年前还是一个几乎不敢在陌生人面前说话,即使说话,声音也像小蚊子发出的嗡嗡声一样,没有人能够听得清楚,而且还磕磕巴巴的。所以,调皮的小伙伴给她起了个外号,叫"小结巴"。

那么,"小结巴"是怎样变成了"小演讲家"的呢?

这要从西高庄村的农家书屋说起啦!

河北省保定市莲池区有一个不起眼的小村落,名叫西高庄村。萌萌就住在这个村里。上小学一年级时,爸爸妈妈工作繁忙,无法照看她,只好把她交给爷爷奶奶看管。因为担心萌萌在外面受到调皮孩子的欺负,爷爷奶奶只让她在家里玩耍,偶尔才让她到楼下待一小会儿。

　　萌萌胆小，不愿意和同龄人一起玩儿，说话时声音也非常小，像只小蚊子一样嗡嗡响。当小朋友们在农家书屋里参加国学经典朗读活动时，萌萌总是藏在奶奶身后，探出半个脑袋，偷偷地看着台上的小朋友们的表演。

　　萌萌的这个小举动，被书屋管理员刘致宏阿姨注意到了。刘阿姨明白，萌萌虽然胆子小，可是一点儿也不缺少好奇心。于是，刘阿姨便试探着叫萌萌一起来参加活动。

　　一开始，萌萌依旧很害怕，总是怯生生地藏在奶奶身后，不敢露脸。可是，书屋里色彩纷呈的图画书，还有经常在书屋读书的小朋友，不断地在吸引着她。有了这种好奇和向往，慢慢地，萌萌来书屋的次数就变多了。只要萌萌一来到书屋，刘阿姨就会邀请她一起参与讲故事、朗诵，刘阿姨也亲自读书、讲故事给她听。有时，萌萌还拉着爷爷奶奶一起听故事。

　　有了爷爷奶奶的加入，萌萌渐渐不再那么羞怯和害怕了。有时候，听到精彩的故事，她还不由自主地小声跟着念。偶尔，萌萌还会根据故事情节想象着，给故事续编出一个新的结局。

萌萌的变化得到了越来越多的肯定和表扬，她也就越来越爱说话了。不知从什么时候起，萌萌说话不再像小蚊子那样嗡嗡响了，语速也不再磕磕巴巴的了，而是一口挺流畅、也挺标准的普通话。

后来，她的同学和老师发现，萌萌最喜欢和同学们一起上朗读课。回到家里，她还会把学校发生的有趣的小故事讲给爷爷奶奶听。

不久，六一儿童节到了，萌萌鼓起勇气报了名，和同学们共同表演朗诵节目。当天的表演非常成功，老师和同学们都夸她是"小朗诵家"。

后来，萌萌又经常到书屋来借书看，经常听刘阿姨讲故事。经过一些阅读和讲故事的训练之后，萌萌就像虫儿咬破了小小的茧子，变成了美丽的蝴蝶。

当有的同学询问她："你是怎样让自己变成'小演讲家'的？"萌萌自信地回答说："多看书、多听故事呗！因为书的森林里有一只会唱歌的'书鸟'，只要你找到了它，你也会变成一只会唱歌的'书鸟'的。"

如果说，小女孩儿萌萌是从西高庄村的农家书屋里飞出的一只会唱歌的"书鸟"，最后变成了一个"小

管理员刘致宏和孩子们

演讲家"，那么，另一个七岁的小姑娘叶芯睿，则是从保定竞秀区大激店村农家书屋飞出的另一只会唱歌的"书鸟"，只不过，这只"书鸟"变成了一个"小故事迷"。

小芯睿的妈妈是大激店村负责文化宣传工作的党支部成员，平时工作十分繁忙。从三岁起，每个周末，小芯睿就被妈妈送到农家书屋里。所以，书屋的阿姨说，小芯睿是书屋里最小的"上班族"。

一开始"上班"是不顺利的。因为不适应，小芯睿经常哭闹以示反抗。可是，没过多久，管理员阿姨发现，小芯睿的行为在悄悄地发生着变化。小家伙开始被书架上花花绿绿的图书所吸引，先是自己拿来乱翻，后来，竟主动询问管理员阿姨能否给她讲讲这些故事。就这样，管理员阿姨开始耐心地给小芯睿讲故事。再过些时候，小芯睿便可以自己用稚嫩的小手点着书上的图画，有模有样地读起来。管理员阿姨仔细一瞧，发现那书上并没有多少文字，想不透小芯睿怎么会说这么多。于是，管理员阿姨悄悄地绕到她的身后，仔细听了一会儿，才发现这个小机灵鬼已经自己"杜撰"起故事来了。

随着时间的推移，小芯睿来书屋的次数越来越多，书屋几乎每天都能看到她的身影。每次她都是自己带上小水壶，背上两块小面包，挥着小手跟妈妈说再见，然后笨拙地搬着小凳子，去取喜欢看的书。花了一年的时间，她竟然看遍了农家书屋里所有带图画的书。由于有了大量的阅读，小芯睿的小脑袋瓜里，记住了好多美丽的故事。她成了书屋里最会讲故事的小朋友。

现在，小芯睿已经是小学一年级的学生了，但她仍然保留着每个周末来书屋"上班"的好习惯。她还给自己制订了小小的阅读计划：每个月至少在书屋读完三本课外读物。

因为从小养成了爱读书的好习惯，各种各样的历史故事、科普知识和杰出人物的故事，滋养了小芯睿的心智，也养成了她知书达理、勤奋好学、有孝心的好品质，班上的同学们也都很喜欢和她交朋友、听她讲故事。

因为小芯睿爱读书，她的家里到处都摆放着各种书籍，这样，小芯睿随时随地就可以拿起书来阅读了。不久前，小芯睿家还被评为"保定市书香家庭"呢。

无论是"小演讲家"的故事，还是"小故事迷"的故事，都告诉我们一个道理：书，是童年时代最好的伙伴；经常在农家书屋里读书的孩子，就像走进了书的森林一样，你小小的手指头，总是会结交很多好朋友，包括遇见那只神奇的"书鸟"……

世界是美好的，充满了新奇与善良。世界也是复杂的，充满了问题与困惑。成长的路上，如果把握不好，美好也会变成苦恼。学会读书，掌握知识，丰富人生，改变自己，会让美丽的阳光照进你的心田，哺育你健康成长，你就会成为自己命运的小主人。

"魔法书屋"有魔力

在黑龙江省辽阔的黑土地上,齐齐哈尔的扎龙地区是美丽的丹顶鹤繁殖和生活的地方。每年春天,大批的丹顶鹤都飞到这片平原地区的芦苇丛和沼泽地里生儿育女,快乐地生活着。人们把这里称为"丹顶鹤之乡"。

在齐齐哈尔,七十多岁的王其环爷爷和他的"魔法书屋"的故事,也像丹顶鹤欢舞时唱出的歌声一样,被人传颂到方圆四周很远很远的地方。

王爷爷是富裕县友谊乡长胜村农家书屋的管理员。这间书屋就设在他的家里,他管理书屋快十年了。村里人都说,王爷爷的家是一个神奇的"魔法书屋"。这是怎么一回事呢?

让我们先从王爷爷收到的一封感谢信说起吧。

"书屋爷爷，书屋奶奶！我要深深地感谢你们，给我提供了这个宽广又舒适的平台，开阔了我的视野，增长了我的知识，给予了我无限的慰藉，见证了我的每一步成长，让我成为一名光荣的中国人民解放军战士！……"

写信人叫薛有才，是从村里走出去的一名光荣的解放军战士。

薛有才原本是村里最贪玩的几个孩子之一。像很多男孩子一样，他天生好动，喜欢各种机械、车子，也喜欢搞恶作剧、捉弄人，可就是不爱学习，在学校里成绩特别差，被老师视为一个谁见谁头疼的"捣蛋鬼"。

就在薛有才上五年级那年，长胜村的农家书屋建立起来了。小小的书屋看上去不太起眼，但是，有了它，一切都在悄悄地发生着变化。

为了把村里的小孩儿们都吸引到书屋里来看书，王爷爷可没少费心思呢！他废物利用制作了一些简易的健身器材，果然把天性好动的薛有才第一个就吸引来了。

既然来到了书屋，当然就要读点书啦。王爷爷精心挑选了一些好看的故事书，推荐给爱好各不相同

管理员王其环和孩子们

的孩子。有的孩子喜欢问这问那的,王爷爷也会不厌其烦地回答他们提出的各种稀奇古怪的问题。慢慢地,来书屋读书就成了村里好多孩子的"必修课"。

为了让孩子们真正学到东西,王爷爷还想到了一个好法子:他让每一位来看书的孩子,每读完一本书就跟大家分享一下。这样做不仅提高了孩子们对一本书的理解能力和语言表达能力,也增强了孩子们的阅读自信心。时不时地,他还会和孩子们一起讨论一番呢。

比如,读了老舍的《骆驼祥子》,有的孩子会说出这样的读后感:"应该成为祥子那样的人,有自己的梦想,不放弃梦想。"还有的孩子发出这样的感慨:"假如祥子是生活在今天这个时代,他的那些梦想是一定能实现的。"

再如,读了罗曼·罗兰的《名人传》,孩子们明白了,所有的成功与名声,其实都不是来自天才的头脑,而是一个人锲而不舍、坚持不懈的努力与奋斗,所有的快乐和幸福,都是靠奋斗得来的。

还有,读了奥斯特洛夫斯基的《钢铁是怎样炼成的》,孩子们懂得了,生命的价值不是体现在获得了什么,而是取决于一个人一生为人类做出了什么贡献……

每次讨论的时候,讲述最积极、最认真的,就是薛有才。

随着时间的推移,王爷爷发现,到了小学升初中的时候,常来书屋看书的孩子,几乎个个成绩优异。最让他惊讶的是薛有才,不仅学习成绩突飞猛进,而且还在中学期间加入了篮球队,担任了班级的体育委员。

因为喜欢上了阅读,一本本好书,把薛有才的志向"垫"得更加高远了!他把做一个名医,为国争光,治病救人,作为自己追求的美好梦想。初中一毕业,薛有才就报名参军,成为一名光荣的解放军战士。

在部队期间,他通过勤奋学习,考入了石家庄白求恩医学院,先后获得了优秀学兵、"静脉输液小能手"、"心肺复苏"二等奖等荣誉。

从"捣蛋鬼"到优秀学兵,帮助他完成"华丽转身"的神奇"魔力",就来自村里的王爷爷和他的"魔法书屋"。

"魔法书屋"的"魔力",当然不仅仅发生在薛有才一个人身上。

杜怡男也曾经是村里和学校里有名的"捣蛋鬼"。别看他成绩一般,但是论起调皮,他的小脑袋可是十分灵光,村里的老老少少几乎都吃过他的"坏果子"。

可是今天,村里人说起杜怡男这孩子,很多人都会竖起大拇指说:"哦,就是那个小画家呀!"这又是怎么回事呢?

这仍然要从王爷爷的"魔法书屋"说起。

农家书屋建起不久的一天,在外面玩得满头大汗的杜怡男,出于好奇心,偶然走进了书屋,想看看这里有什么"热闹东西"。可是他没有想到,在书屋里待了不一会儿,他就像"中了魔法"一样,一下子被书屋里的一些漫画书和美术书吸引住了。

从那天起,几乎每天放学后和节假日,书屋里都会看到他小小的身影。他真的是像变了一个人似的。他的小脑袋瓜，好像和别的孩子也不一样。别的孩子有时候看书只喜欢看故事，杜怡男却把书当成了自己的"美术老师"。他喜欢画画，经常边看书边学着画画，有时候画着画着就忘了吃饭的时间。

　　时光迈着悄悄的脚步，"魔法书屋"里的图书越积累越多，王爷爷在一天天变老，杜怡男也一天天长大了。今天，人们印象中的那个"捣蛋鬼"已经变得十分模糊了，站在王爷爷和乡亲们面前的，是一个已经成为班级美术课代表的小小少年。

　　因为杜怡男会画画，他还负责学校里的各种展报。他的第一份作品获得了"金鸡报晓奖"，还入围了《世界获奖儿童画》画集呢！这一下子，村里人都知道杜怡男是个"小画家"了，人们经常在不同的地方见到他的"作品"：村里道路两旁的树干上，有了"新衣服"；小动物们的房子外，有了"新装饰"……

　　老师和家长们在夸奖杜怡男的时候，也总是不忘为王爷爷的书屋"点赞"："看来，杜家的这个孩子，也是中了'魔法书屋'的'魔法'，才有了今天呀！"

神奇的小金鱼

陈志怡、陈志贤、陈志豪三姐弟生活在江西省鹰潭市余江县春涛镇坞桥村，因为爸爸妈妈在外地务工，没办法照顾他们，他们就一直跟着爷爷奶奶生活。

祖辈管孙辈，一般都很难管住。所以放了学以后，特别是放了假，三姐弟就像三只不肯归巢的小鸟，到处乱闯，村里人戏称三姐弟是个"巡逻队"。

有一年暑假，三姐弟又在坞桥街上游荡时，无意中经过了一座小屋。他们发现，有一些孩子，不时地从小屋里出出进进，而且好像很快乐、很享受的样子。

"走，看看去，有啥好东西！"姐姐带着弟弟，大大咧咧地冲进了小屋。

原来，这是坞桥村的农家书屋。看到里面有很多小朋友，姐姐就好奇地问那位和蔼的老爷爷："爷爷，在这儿看书要钱吗？那位老爷爷说："不要钱，不要钱，只要遵守秩序，爱护图书，这里所有的书都可以免费看。"

就这样，三姐弟停下了到处游荡的脚步，各自在书屋里找到自己喜欢的书看了起来。

这天晚上，姐姐志怡给两个弟弟讲了她在书屋里看到的一个故事：很久很久以前，有一对伊朗的小姐妹，她们都很喜欢读书。虽然她们家并不富裕，可是她们的爸爸妈妈仍然省吃俭用，给姐妹俩买回她们最想读到的儿童书。有一年，姐妹俩应"国际儿童图书节"邀请，给全世界的孩子讲述了她们的故事，还特别讲到了她们读到第一本书时的美好记忆：

那是五年前，爸爸妈妈给她们买回了一本美丽的书，书名叫《神奇的小金鱼》。书里面的图画真是太美了，一下子就吸引了她们。第二年，姐妹俩开始上学了，会认字了，她们又开始一遍遍地读那本书上的故事。她们都被故事里的小金鱼给迷住了！打那以后，姐妹俩用心记住了这个故事。

随着姐妹俩慢慢长大，她们又读了很多好书。不过，在她们的记忆里，哪一本书也比不上《神奇的小金鱼》

江西省鹰潭市余江县春涛镇坞桥农家书屋内的孩子们

那么美丽,因为,这是她们读到的第一本书。

最后,姐妹俩告诉全世界的孩子们说:"看一本你喜爱的书,就像是一位永远难忘的好朋友,就像是一个你随时乐意去就可以去的地方。而且,在一本你喜欢的书里,一定会有一条属于你的神奇的小金鱼。"

姐姐讲完这个故事后,对两个弟弟说:"从今以后,我们再也不要到处乱逛了。我要带着你们,像这对小姐妹一样,去寻找属于我们的小金鱼!"

这年整个暑假,他们每天都往书屋跑。最后索性把暑假作业都带到了书屋去做。暑假结束后,三姐弟觉得，好像真的有一条神奇的小金鱼，帮助他们把学习成绩提高了不少，三姐弟的成绩都从原先的倒数几名变为中等偏上了。

他们的爷爷奶奶看在眼里，喜在心里。奶奶还特地来到书屋，对管理书屋的吴爷爷感恩道谢。她一进门就对吴爷爷说："他吴爷爷啊，你的书屋真是神啦！你看我这几个孙子孙女，过去的调皮鬼，都变成小书迷啦！"

吴爷爷名叫吴光明，书屋是他卖掉了祖屋，然后又四处筹钱，好不容易才建立起来的。书屋在1990年年底建成，当初挂牌叫"农民图书馆"，2007年改名叫"农家书屋"。28年来，吴爷爷和他的书屋，就像他的名字一样，给落后的山村送来了文明的灯火，也在一茬又一茬孩子的心田，播下了书香和智慧的小种子。

书香是可以互相传递的。在祖国广大的山野乡村里，每一座农家书屋，都像是一座灯火闪亮的童话小屋，给农家孩子们带来最美的梦想、最温暖的幸福时光。

小女孩刘新怡的家，在江西省新余市石洲上屋村。她就读的石洲小学离村子不远，是一所全日制学校，大约有五百名学生，村里的大部分适龄小孩儿都在那里读书。学校下午只有两节课，大约三点半就放学了。

农家书屋里专注读书的孩子们

农家书屋建成之前，这些活泼好动的孩子，下午放学后没处去。孩子们的父母要么在地里务农，要么在城里打工，也没时间管他们。所以小孩子经常打架闹事、捅娄子，也发生过溺水、交通事故这样的意外，家长们为此伤透了脑筋。

书屋建成后，新怡和其他许多孩子一样，开始在放学后来这里看书。新怡进书屋后接触了不少新知识，有管理员督促着她写作业，遇到不懂的问题还可以请教管理员和其他一起看书的孩子，学习起来轻松不少。新怡的父母看到自己的孩子在书屋既有人照看，平平安安的，而且学习还有进步，心里很是高兴。

这天，老师在课堂上布置了一个手工作业，要求每个人用纸剪个小动物。刘新怡觉得为难了：剪纸，这和一般的作业可不一样，是技术活儿啊。怎么办呢？她突然想起之前在农家书屋看到过教剪纸的书，于是兴冲冲地去找管理员刘海刚伯伯借了书，准备拿回家照着书上的步骤剪个小兔子。

回到家，她从奶奶那里拿了把剪刀，抓来一张红纸便开始剪，可是怎么都剪不好。这时，妈妈走过来，看到她费劲的样子，便拿起剪刀，照着书上的步骤，一步步地剪了起来。没几下，一只活泼可爱的兔子就剪好了。妈妈又按照书上讲的，教了教新怡，心灵手巧的新怡很快就学会了。她很开心，没想到这本书帮了这么大的忙，要不然都交不了作业了。就像前面说到的三姐弟一样，小新怡也从农家书屋里找到了属于自己的"神奇的小金鱼"。

她觉得，每天放了学，坐在书屋里安安静静地度过一段阅读时光，是她最快乐、最充实和最幸福的时刻。

"塞上江南"的读书娃

在"塞上江南"宁夏,将近三千座农家书屋,就像童话故事里的"藏宝洞"一样,散落在山塬、田野、小镇上,甚至大沙漠的边缘地区。一双双充满好奇的黑眼睛、一张张快乐的小脸、一颗颗带着求知梦想的童心,从这些"藏宝洞"里出出进进,为美丽的"塞上江南"平添了一道道新的风景。

小女孩儿王媛的家,住在吴忠市利通区金积镇北门村。小媛媛第一次走进村里的农家书屋时,还不怎么认识字,只能看看图画书,听妈妈读一读童话故事。但她每天都要看、都要听。就这样,只用了一年多的时间,她就把书屋里一大半儿童读物都看(听)过了。

现在的王媛,已经上了小学三年级。由于天天坚持课外阅读,她的学习成绩在全校总是数一数二,特别是写的作文,经常被老师当作范文读给同学们听。小王媛成了"小书迷",爸爸妈妈因为经常陪伴女儿读书,慢慢地也都有了每天读书的习惯。

王媛有个哥哥,以前可不喜欢读书了,非常调皮,是爸爸妈妈眼中的"淘气包"。有一次,王媛和哥哥在外面正玩得开心,天突然开始打雷下雨。哥哥想拉着她站到离他们比较近的一棵树下躲雨,但马上就被她制止了。

"快离开这里,打雷时不能跑到大树下躲雨!"

她一把拉起哥哥,迅速多跑了一点儿距离,躲到了一个屋檐底下。

当时,哥哥不明白妹妹为什么要这么做,还和她争吵了起来。哥哥说:"大树就像一把大伞,正好可以给我们遮雨嘛!"

王媛告诉哥哥说:"打雷下雨的时候,绝不可以跑到高大的树下躲雨的,那样会很危险的!"接着,她就把自己在《十万个为什么》里看到的关于打雷的科普知识,一一讲给哥哥听,讲得哥哥心服口服。

这次"躲雨事件"后,哥哥受到了妹妹的影响,

宁夏金积镇北门村农家书屋内管理员和孩子们

也开始三天两头地往农家书屋跑了。不久,王媛这个原本是个"淘气包"的哥哥,也变成了"小书迷"。

王媛家三代同堂,爷爷八十多岁了,身体也不太好。王媛因为书读得多,是个知书达理的孩子,虽然在家里年龄最小,可是平时一点儿也不娇气。

刚上小学没多久的一天,她突然提出要帮爷爷洗脚。她说自己在书上看到,很多优秀的人都是从小就尊敬、孝顺老人的,这是我们中华民族的传统美德。要学会好好做人,就要先从在家里好好孝顺长辈做起。

看着孙女伸出娇嫩的小手给自己洗脚,爷爷心里有说不出的感动。"好孩子，爷爷有你这样孝顺的孙女，不知道是哪辈子修来的福气呢！"爷爷欣慰地说道。

自那以后，帮助爸爸妈妈照顾爷爷，几乎成为小王媛日常生活里必不可少的一项"功课"。

王媛有一个三代同堂的温馨的家，因为爱上了阅读，她童年的每一天都过得充实、快乐。相比之下，小男孩儿徐文韬的童年，却是另一番样子了。

文韬刚满周岁的时候，爸爸妈妈就到外地务工去了，他一直与年过七旬的爷爷奶奶生活在银川市镇河村老家里。

爷爷奶奶年迈，身体都不太好，爷爷还患有比较严重的高血压，平时，小文韬总是一个人独处，很少和小伙们一起交流、玩耍。后来，爸爸妈妈离婚了，妈妈又嫁到了很远的地方。既缺少父爱，也没有了母爱，小文韬的性格变得越来越内向和孤僻。

一个偶然的机会，小文韬走进了村里的农家书屋。在这里，丰富多彩的儿童读物，一下子吸引了他。书渐渐成了他平时不可或缺的伙伴。

这是谁家的孩子？他是从什么时候开始来农家书屋看书的？管理员李桂玲阿姨一开始并没有注意到

这个总是默不作声的小男孩儿。直到有一个傍晚，李桂玲阿姨以为看书的人都走了，正准备关上书屋的门回家吃饭，突然，她看见一个小男孩儿，正聚精会神地坐在一个不起眼的角落里，好像忘记了时间的存在。细心的李阿姨轻轻走过去，问清楚了他是谁家的孩子，陪着他把书看完，然后和他一起走出了书屋。

这时候，金色的晚霞把小书屋映照得红彤彤的，整个小村庄也被美丽的暮色笼罩着。李阿姨轻轻告诉小文韬说："你看，傍晚的时候，咱们小村多美呀！好好读书吧，孩子，学好了本领，将来把我们的家乡建设得更美、更富足一些！"

小文韬把书屋李阿姨的话牢牢记在了心里。

不久，李阿姨就获知了小文韬家里的情况。一边管理着书屋，还一边从事村妇联工作的李阿姨，在后来的日子里，给了小文韬不少悉心的照顾。除了经常给他推荐一些好书，还在生活上给他家提供了不少帮助，比如像帮忙联系电工维修电路，张罗退休教师免费为他补课，组织志愿者给他捐赠学习用品什么的。

言语不多的文韬最喜欢看童话书。有一次，他告诉李阿姨，他在书屋读到一个《小兔子找妈妈》的童话，

"小兔子找到了自己的妈妈,我也想找到妈妈……"说着,小文韬的眼睛里就闪动着泪花了。

李阿姨赶紧像妈妈一样,把他搂进自己怀里,轻轻给他擦去了眼泪,说:"孩子,你现在是小小少年了,又读了那么多的书,生活并不是都像金色的晚霞那么美丽,你要慢慢学会理解,学会坚强……"

回家的路上,李阿姨耐心地给小文韬讲了好多做人的道理。第二天,细心的李阿姨还特地选了一本书给文韬看,里面有一个故事,讲述的是一个在外地打工的爸爸,生活得非常艰辛,又不能经常回家,每天只能在心里默默思念着自己的儿子……

正是这个故事,好像一下子打开了小文韬的"心结",他开始理解和原谅自己的爸爸和妈妈了。"心结"打开了,明亮的阳光透过心灵的小窗温暖了这个小小少年。文韬一天天变得开朗活泼起来了。他不仅会主动和人打招呼了,小脸上也开始有了阳光般的笑容。

有一天,他在自己的日记里这样写道:有雨的时候,书屋像一把伞,默默地遮挡着童年的风雨;没雨的时候,书屋像阳光,温暖了内心的每一个角落。谢谢你,美丽的书屋,是你在无言地护佑着我们成长的每一天……

两代人的"童话小屋"

有一本很有名的书，书名叫《朗读手册》。这本书的扉页上，有这样一首小诗：

你或许拥有无限的财富，
一箱箱的珠宝与一柜柜的黄金。
但你永远不会比我富有——
我有一位读书给我听的妈妈。

一个人的童年时光里，如果拥有一位经常"读书给我听的妈妈"，那该多么幸福啊！同样，一个人成年以后，如果也拥有一个经常读书给自己听的孩子，不也是非常幸福的吗？

三年级小女生高佳乐,是湖北省武汉市左岭农家书屋的一个忠实"小粉丝",她性格外向、活泼开朗,身边的人都很喜欢她。

小佳乐在农家书屋看的第一本书,书名叫《长不大的小樱子》,书中写的是发生在主人公小樱子身上的各种故事,有开心的,也有不愉快的,但都是一个小孩子成长过程中具有典型性的故事。每读到一个新故事,她就记下来,然后到学校讲给同学们听,大家一个个都听得津津有味、兴趣十足。慢慢地,"故事大王"这个称号就在同学间流传开来了。虽然嘴上没有说,小佳乐在心里可为这个称号感到小小的自豪呢!

有一次,妈妈帮她从书屋借回了一本《弟子规》,自那天起便每天都抽空给她讲里面的故事。一个冬日的晚上,佳乐写完作业、洗漱完毕后,早早爬上妈妈的床,钻进被窝里一动不动。

一直到妈妈忙完了家务活儿,准备上床休息了,才注意到,小佳乐躺在妈妈被窝里呢。

妈妈问:"怎么回事呀?这么早就上床了,干吗呢?"

"我帮妈妈暖被窝呀!《弟子规》里说,'冬则温,夏则凊'。"小佳乐得意地说道。

妈妈听完，不禁心里一热。要知道湖北的冬天和北方不同，是很阴冷的，刚刚钻进被窝的时候，实在是有点儿不舒服的。

佳乐有个姐姐，17岁了。有一次，佳乐跟着妈妈去超市买东西，妈妈让她挑一些零食带回家吃，她给自己挑了一份，然后说："给姐姐也买一份吧。"

妈妈问她为什么，她说："'兄道友，弟道恭。兄弟睦，孝在中。'我们不是兄弟，是姐妹，但我们都是妈妈的孩子。"

妈妈听了，从心里觉得欣慰。妈妈明白，孩子这么懂事，并不是她平时教育了多少，而是孩子经常在书屋里阅读，从书本上学到的。

很早以前，佳乐妈妈就会编织毛衣，但一直都是最简单的样式。每次辛辛苦苦织好后，她拿给朋友们欣赏，朋友们却总是对她的"杰作"默不作声，一句赞美的话都没有。为此，妈妈的自尊心很是受伤，从此就跟织毛衣的手艺"拜拜"了。

有一次，妈妈陪着小佳乐去农家书屋看书，无意中看到了书屋里有一本织毛衣的"武林秘籍"——《毛衣织法大全》。妈妈如获至宝，把这本书借回了家，边看边练，重新拾回了织毛衣的旧梦。不久，当妈妈拿着自己最新的"杰作"给她的朋友欣赏时，大家不禁都对妈妈刮目相看了，甚至带着怀疑的口吻问道：

"这真是你手工编织的吗？不会是机器的杰作吧？"

有人询问妈妈的"编织秘诀"，妈妈故作神秘地说："自己去农家书屋找呗！"

因为有了农家书屋，妈妈和小佳乐既是一对母女，也是一对可以互相读书的朋友。当她们借回了一本优美的童话书、诗歌集的时候，无论是在饭桌边，还是在佳乐的小书房里，妈妈会变成"读书给我听的妈妈"，女儿也会变成"读书给妈妈听的孩子"。

浓浓的、温馨的亲情，伴随着琅琅的读书声，荡漾在小佳乐的童年里，也感染着家里的每一个成员。

妈妈说："农家书屋就是我们两代人的'童话小屋'！"

其实，受到农家书屋影响的，又何止是小佳乐和她妈妈这一家子里的两代人呢！左岭镇还有一件和书屋有关的新鲜事，被小镇上的人们津津乐道地传颂着：一位酷爱打麻将的老奶奶，居然从一位"麻将迷"变成了"读书迷"，你们说稀奇不稀奇？

农家书屋里的小读者们

说起来,让奶奶发生这么大转变的"小功臣",还是她的孙子张嘉恒呢。故事得从头说起——

张嘉恒的爸爸妈妈都在武汉市区上班,每天上下班耗费在路上的时间,要四个小时以上呢!

为了节省时间,爸爸妈妈就在单位附近租房住了。可小嘉恒怎么办呢?最大的问题是,嘉恒的奶奶是个出了名的"麻将迷"。自从有了嘉恒,奶奶经常带着他在棋牌室里消磨时间。这种环境,肯定不适合小嘉恒的成长。那该怎么办呢?

最后,"家庭会议"决定,接上奶奶和小嘉恒到市区里，和爸爸妈妈一起住。

奶奶是个爱热闹的人，在老家的时候，总喜欢在村里到处串门。不用说，初到城市，人与人之间的陌生感让她很不适应。为此，奶奶多次提出要带嘉恒回农村生活，可考虑到嘉恒的教育问题，爸爸妈妈还是坚持让奶奶留了下来。

周末的时候，奶奶一般都会回老家，一是看望在老家的爷爷，二是为了邀上几个老姐妹，打打麻将，过过瘾。

爸爸妈妈更多的是带上嘉恒去书店、图书馆里过周末。小嘉恒也非常喜欢书店和图书馆，从小就养成了阅读的好习惯。

2014年，老家城中村改造。老房子被拆掉后，全家迁到了现在的左岭新城。这一年，正是嘉恒幼升小的时候。为了方便嘉恒上小学，爸爸妈妈也搬回了左岭新城。

社区里的农家书屋，是小嘉恒最爱去的地方。当然啦，那里也是奶奶最不耐烦去的地方。

有一天，奶奶被嘉恒拉着来到了农家书屋。奶奶心不在焉地坐在书屋里，心里想着的只是她的"麻友们"。

如何让奶奶也对读书发生一些兴趣呢？小嘉恒晃动着小脑袋瓜，挖空心思地想着主意。

最好的办法，还是要隔三岔五就拉着奶奶来一趟农家书屋，让这里浓浓的书香去感染奶奶、打动奶奶！

当然，不时地在奶奶面前显示一下自己的"博学"，给奶奶讲一些她不知道的故事，让奶奶亲身感受到书的力量、故事的魅力。也是一个不错的办法！

主意打定了，小嘉恒就一步一步开始实施自己的"秘密计划"了。

一开始并不怎么顺利，一说到要去书屋看书，奶奶总是很不情愿。但是，小嘉恒好像天生有一颗"恒心"。一次，两次，三次……去的次数多了，奶奶渐渐就对读书有了那么一点"感觉"。

嘉恒观察到，奶奶最感兴趣的书，是一些生活类书籍，像食谱、养生经之类的。因为读了这些书，慢慢地，奶奶的厨艺有了进步，饭菜做得越来越香了。

"奶奶，您做的饭菜真是越来越好吃了！简直可以上电视，可以上《舌尖上的中国》了！您说呢，爸爸？"

爸爸懂得小嘉恒的意思，也连忙和妈妈一起，努力想出最动听的词语，"慷慨"地赞美着奶奶。

奶奶受到了大家的鼓励，可高兴了！她还得意地把自己从书本上学到的烹饪手艺，分享给她的"牌友"和"麻友"们。

没过多久，奶奶身上真的发生了很大的变化。原先她只喜欢约上朋友去棋牌室，现在，她更喜欢约上朋友，一起去农家书屋找书看了。

"早知道书屋里藏着这么多美食和生活的小窍门，就应该多来看看才对！也不至于老是去棋牌室伤神破财。哈哈哈……"

此后，农家书屋成了小嘉恒全家人都喜欢去的地方。

书屋，不仅拉近了和密切了两代人、三代人之间的亲情，书屋，也变成了一家人书声琅琅、其乐融融的美丽的生活方式。

白云深处的朗读声

让我们一起来想象一下这样的场景吧:

在云雾缭绕的碧罗雪山深处,有一个几乎与世隔绝的小村庄。每天黎明时分,一群小学生,和他们年轻的老师一起,早早地蹲在霞光映照的村边小河旁,洗脸、背诵、嬉笑。花花绿绿的衣服,新鲜的脸蛋,都映在潺潺流淌的小河里,还有他们的诵读声、欢笑声。在远处,美丽的碧罗雪山就像一位收藏记忆的老人,见证了眼前这美好的一切……

是的,这是一个真实的场景,也是一名大学生带着一群小学生,读书和追梦的故事。

毛竹棚村大坪地村民小组,位于被称为"彩云之南"的云南西部,藏在碧罗雪山的白云深处。在那里,大部分村民一辈子都没有走出过大山。

四年前，大学生万宝才在市区文化部门和村民的支持下办起了文化苑，建起了一间有两千多册图书的农家书屋。同时，他还带领村里的另外8名大学生，给附近的40名中小学生办起了"爱之行"学习屋，还成立了舞狮队。

从此，平时只能玩泥巴、竹竿、木棒、树叶的"野孩子"，一到晚上或周末就钻进了小小的书屋，直到父母催了无数遍，才恋恋不舍地回家去。

可别小看这个小小的书屋，正是它，给这些藏在白云深处的山村孩子，打开了通往山外世界的一扇扇"天窗"，让他们学会了读诗，学会了演讲，学会了在"大坪地春晚"上唱歌、跳舞、耍狮子。而他们的祖辈、父辈，也慢慢离开了麻将和纸牌桌子，一到傍晚就和孩子们一起走进书屋，一双双粗糙的大手，也捧起了散发着书香的书本，一页一页地读了起来……

万宝才小时候，也是在一个没有多少书读的环境里长大的，所以他对书有着特别的喜爱。2008年，保山市文化局开始利用国家项目，在全市所有行政村建设农家书屋，万宝才所在的毛竹棚村也有了图书室。

正在上中学的万宝才，就像植物遇到了阳光雨露，每逢周末或假期，就从隆阳区一中回家，爬坡越坎一个多小时，来到毛竹棚农家书屋借书回家看。2011年，他考取了昆明医科大学临床医学专业。

2014年寒假，万宝才看到大坪地几十个孩子还在经历着自己小时候缺书看的无奈和苦涩，心里冒出了一个念头：何不想办法在大坪地也办个农家书屋呢？

万宝才与大坪地的负责人商量后，乡亲们立刻行动起来，收拾废弃的小学，把歪了半边墙的房子重新立起来，各家各户捐款捐物修窗子修门，做书柜、做桌椅板凳，很快，小书屋就像模像样了。

万宝才把自己的几十本藏书拿出来，又动员在这里支教的其他大学生也捐出了自己的书。他还向初中时的班主任王发智老师求援。在区文体局任职的王老师刚好有农家书屋项目，很快就给书屋配来了几百册图书，这无疑是雪中送炭。不久，大坪地农家书屋的藏书就有两千多册，外加近千本杂志了。

书屋虽小，但是已经像模像样了。更重要的是，它是大坪地的孩子和大人都流连忘返的乐园。看着孩子们沉浸在阅读的快乐里，万宝才也感到了无限的欣慰。

有了书屋，万宝才还嫌不够，他又组织村民办起了自己的"春晚"，恢复了成年组和少年组的舞狮队，一些妇女还专门去乡里学了广场舞。大年三十这天，附近的横山村、木瓜村的村民早早地就来到大坪地"春晚"现场，欢乐的气氛一直持续到深夜。小小山村，因为有了书屋，有了文艺表演，有了小小的篮球场和乒乓球桌，一切都变得那么富有生机了！

2018年寒假，万宝才又发现了一个问题：孩子们书是有得看了，可他们的父母打工的打工，干活的干活，假期作业根本没人辅导，怎么办呢？村里不是有好几个大学生、高中生放假在家吗？于是他与云南大学的万金花、云南农业大学的万金会，还有已在昆明就业的余丽梅、昆明理工大学的李丽、德宏职业学院的万宝丽、云南机电职业学院的万宝华几个人一商量，大家立即兴奋地行动起来，"爱之行"学习屋诞生了！

这真是一个美好的创意。村里所有的小学生、初中生都来了，万宝才与其他几位大学生分别排了课，把每天的时间分为早读、授课、自由阅读、作业辅导、作业检查等环节，高年级带着低年级，形成非常良性的互动。授课的内容也是大学生们精心准备的，有礼

孩子们在书屋里看书学习

仪、有孝道、有爱护环境、有外面的见闻、有英语演讲，大学生用他们的知识储备，为孩子们打开了另一个新奇而未知的世界。

不知不觉中，很多孩子都在悄悄改变：村里的卫生，孩子们带头打扫和监督；父母在地里干活，他们会自觉加入；晚上父母累了，他们端上一盆水为父母洗脚；父母有空闲了，他们带回去一本书让父母看，或者为他们读一首诗。四年级小学生万宝隆对家里贡献最大。他的父亲没出门打工，喜欢养几只羊几头牛什么的，但他很少见父亲养成功。万宝隆从一年级开始就进书屋看书学习了，二年级的时候，他有意识地借一些关于养殖的书给父亲看，父亲万金来倒也很配合，认认真真地读，认认真真地记笔记。他照着书里的讲解和示范给牛、猪、鸡等防病治病，家庭养殖越搞越好，每年都要出栏十来头牛、十多只羊，两千多只鸡。看着家里牛欢鸡鸣的热闹场景，万宝隆写着作业都会笑出声来……

六年级的小学生万金福，从小性格内向，几乎不敢在人面前说话，更不要说在课堂上发言了。村里的文化苑办起来后，万金福怯生生地走进了书屋。从小看着万金福长大的万宝才，对他进行了有计划的训练。每天，万金福在万宝才的带领下对着大山大声朗读，胆子稍大些后，万宝才就要求他对着老师、同学大声朗读。"爱之行"学习屋办起来后，万宝才继续"加码"，鼓励他第一个到书屋，晨读时给全班同学领读。放学回家后，还要把好听的故事、优美的诗歌，朗读给父母听。

整个寒假，万宝才重点对万金福进行演讲训练，语言表达的顺畅、演讲的感情流露、面对观众的镇定，都在他身上慢慢体现出来。万金福的妈妈何丽英，因

万金福早上读书

为孩子不善说话，没少操心和着急。现在，听到儿子大声对着自己朗读，她眼里不禁涌出了泪水，顾不得擦干净手上的猪食，激动地把儿子搂进了怀里。

　　现在，每到周末，清晨的第一缕霞光从大山的侧面洒进院子的时候，就是万金福最开心的时刻，也是他妈妈何丽英最享受的时刻。这时，万金福会捧着书本，迎着朝阳，大声朗读课本里美丽的古诗："青青园中葵，朝露待日晞。阳春布德泽，万物生光辉……"

　　妈妈一边剁着猪草，一边陶醉地倾听，虽然不一定能听懂儿子在朗读什么，但儿子的声音，就像小树林里的阳雀和百灵鸟的歌声一样，飘荡在天空、朝霞和山谷之间，好像远方那古老的雪山，也在静静地侧耳倾听呢！

"我们看书吧"

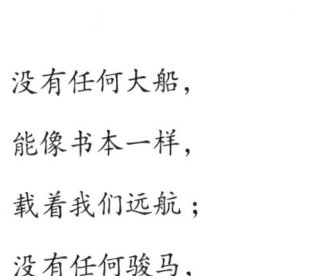

没有任何大船，

能像书本一样，

载着我们远航；

没有任何骏马，

能像一页奔腾的诗行，

把我们带向辽阔的远方。

在美丽的浙江杭州，有座山清水秀的小山村——富阳区常安镇沧洲村。这座小村庄三面环山，溪水潺潺，村中有间农家书屋，叫作"我们看书吧"。经常坐在这里阅读的孩子，都会背诵上面的这首小诗。

孙栎铖今年刚七岁，还没上小学呢，却能声情并

沧洲农家书屋"我们看书吧"

茂地朗诵不少优美的诗歌和散文，还参加过好几次朗诵大赛，拿过不少奖，村里人都亲热地喊他"小小朗读者"。

孙栎铖从三岁开始就是书屋的常客了。那是四年前，他的爸爸妈妈在城里打工，没有时间照顾他，只好把他留在老家，由爷爷奶奶照看。没有爸爸妈妈在身边，小栎铖胆小、害羞，书屋管理员方凯叔叔发现，这个瘦小的孩子一见到陌生人，就会怯怯地躲在老人的身后。

2014年秋天，方凯正在书屋整理书籍，小栎铖被爷爷急急忙忙送到了书屋。原来，适逢秋收农忙季节，爷爷要下地干活，只好拜托方凯帮忙暂时照看一下。方凯爽快地答应了。

有经验的方凯找来一些适合幼儿看的图画书，给小栎铖看。原以为三岁的孩子可能会坐不住，没想到小家伙一看书就入了迷……

一天天过去了，小栎铖在方凯的帮助下，读了不少书，认了不少字，书屋变成了他的乐园。有一次，方凯推荐给他一本《儿童诗歌集》，还教他朗诵了里面的一首诗。出乎意料的是，这个小家伙听了一遍之后，就能八九不离十地复述下来。

从此，方凯时不时地教孙栎铖大声地朗诵诗歌，每次都是反复诵读，直到孙栎铖背诵得滚瓜烂熟为止。在书的滋养下，小栎铖的性格不知不觉也变得开朗、活泼了。

2016年，富阳区举办全区的幼儿园诗歌朗诵比赛，老师推荐孙栎铖参加。刚开始，他的爸爸妈妈觉得他从来没上过舞台，对他参赛没有多少信心。谁料，孙栎铖一站到小小的舞台上，那份自信一下子就让爸爸妈妈感到吃惊了。

"曾经，在众多人的关爱下，我们牙牙学语，蹒跚学步……长大是一件快乐幸福的事情……感谢爸爸妈妈赐予我们生命，感谢老师传授我们知识，感谢伙伴让我们学会了分享、承担。"

小栎铖清脆稚嫩的声音，响彻比赛会场，他朗诵的诗歌《我长大了》不但打动了评委和听众，更让专程赶来现场观看的爸爸妈妈激动不已，他们情不自禁地流下了幸福的泪水。

栎铖妈妈感激地对方凯叔叔说："孩子真的长大了，能体会到我们做家长的不容易啦，真是感谢农家书屋，陪伴着小家伙一路成长。"最后，孙栎铖旗开得胜，荣获了二等奖。

如今，孙栎铖不仅经常在一些传统文化活动上为村民们朗诵，还成了沧洲农家书屋的一名小小管理员，一有空他就带着小伙伴儿们来书屋，除了看书，他还会帮方叔叔管理图书呢！

从沧洲村"我们看书吧"里，还走出了一位"小名人"，就是17岁的倪泽航。

泽航的爸爸是一名装修工人，妈妈是一名基层文化工作者，他们的工作都非常繁忙。平日里，泽航跟

管理员方凯和孩子们

一些小伙伴一样，因为缺少家长的约束，喜欢玩网络游戏，沉迷于卡通动漫，真是没少让家长和老师操心。

可是谁能想到，如今，这位曾经的"网瘾少年"，居然变成乡亲们赞不绝口的"富阳好声音"。这是怎么一回事呢？

事情还得从2013年说起。那年暑假，泽航跟往常一样，每天都无忧无虑的，吃吃零食，啃啃棒冰，偶尔路过农家书屋时，还会跟管理员方凯叔叔开开玩笑。

有一次闲聊中，他得知方凯叔叔正在搜集一些家乡的民歌。而且，方叔叔还准备邀请富阳当地的一位年近八旬的民歌演唱传人钱如松爷爷来书屋做客，请他演唱原汁原味的民歌《富阳十座桥》《朱三与刘二姐》《大脚姑娘》等，并且计划把钱爷爷的演唱用录音的方式保存下来。

倪泽航听了方叔叔的一席话，顿时有了兴趣。他请求说："到时候我可不可以也来听听呀？"

方叔叔说："书屋的门，永远向好学的孩子敞开，当然欢迎你来啦！"

演出那天，钱如松爷爷声情并茂地演唱了《朱三与刘二姐》，还跟大家讲述了他传唱民间音乐大半辈子的酸甜苦辣。

老艺人的演唱,让倪泽航觉得有一股浓浓的乡愁扑面而来,他一下子就喜欢上了这种原汁原味的民间歌曲,萌生了好好学习这种音乐的念头。

一年后,倪泽航特意去寻访老人。谁知一打听,才知道这位老艺人已经去世了。倪泽航很伤心,后悔没有早点儿来拜师学艺。

这件事,让他更加坚定了自己的志向:一定要想办法好好地学习和传承老人唱了一辈子的这些质朴的乡音,为美丽的富阳留住这份乡愁,留住这份美好的记忆。

后来,在方凯叔叔的帮助下,倪泽航利用农家书屋里的藏书,查阅了很多文字和音频资料,一遍遍回放和聆听钱爷爷演唱的声音,揣摩着他的感情状态。一遍又一遍地学唱,一首又一首地积累,几年下来,他学会了许多原汁原味的富阳民歌。这些民歌让他真切地感受到,家乡的美、家乡的魂,还有一代代人的乡思和乡愁,都包含在这些宝贵的文化遗产之中。

2016年,在学校组织的十佳歌手比赛中,倪泽航演唱了一首富阳民歌,质朴悠扬的歌声,带着浓浓的乡愁，萦绕在校园上空。这一次，他获得了十佳歌手的荣誉。后来，他又幸运地被选中，参加了2018年第三季《中国新歌声》富阳赛区的比赛。他那明亮、清新的声音，就像散发着乡土芬芳的天籁之音，深深打动了富阳的父老乡亲……

倪泽航对他的同学说："我很感谢沧洲村的'我们看书吧'，是它为我的梦想插上了音乐的翅膀。"说到这里，他又情不自禁地脱口朗诵出他很喜欢的那首小诗，"没有任何大船，能像书本一样，载着我们远航……"

畅游在书的大海里

"请到天涯海角来,这里四季春常在……"

一说到海南,人们马上就会想到碧波荡漾的南海,想到这首动听的歌,想到那些高大的椰子树、圆圆的斗笠,想到椰子糕、椰子酥饼、椰子糖,还有绿橙、杧果、波罗蜜、莲雾等海南水果。

美丽的海南省位于中国版图的南端。在海南省万宁市山根镇的大石岭村,有一间农家书屋,它也像一片蔚蓝色的书的海洋,让那里的农家孩子们拥有了畅游和远航的梦想……

11岁的符传平,是山根镇中心小学五年级的学生,他的妈妈曹圣霞,是村妇联主任兼书屋管理员。

有段时间,小传平生病了,治疗了很久也不见好转。

因为高昂的医疗费用，这个普通家庭的生活一度陷入了困境。妈妈为了多赚点钱给他治病，还另外找了一个在餐馆做早点的营生。

每天凌晨两三点，妈妈就得起床去餐馆打工，等餐馆里的活儿做完后，再急匆匆地赶到书屋，料理书屋的事情。这一切，小传平都默默地看在眼里，记在心里。他知道自己年纪太小，干不了什么活儿来分担妈妈的辛苦。他也知道自己唯一能做的就是发愤学习，因此，生着病也从不放松学业。他的成绩在全山根镇数一数二，挣回家的奖状贴满了一面墙。

村里有了农家书屋后，传平和小伙们简直如鱼得水一般，恨不得每时每刻都在这片小小的书的海洋里畅游。

书屋经常举办各种各样的活动，像乡村英语课堂啦，小画家课堂啦，真是丰富多彩。在英语课堂上，孩子们可以面对面地和来自美国的老师学英语、做游戏，很多孩子都很喜欢参加。小传平刚开始时还有点儿腼腆，几次英语课之后，他就慢慢地放开了，英语说得越来越"溜"了！

有一天，传平从书屋回到家，笑眯眯地对妈妈说：

大石岭农家书屋的英语课堂

"妈妈,我来给您讲一个从书上看来的故事吧。"

这个故事是这样的:小女孩儿A和小女孩儿B是一对好伙伴,她俩自小就都喜欢画画,并约好以后一起学画画。可是,A的家长觉得画画不是正经前途,所以不同意女儿读艺术类学校,而是让她读了普通中学;B的家长却十分尊重孩子的决定,支持孩子追求自己的艺术梦想。后来,A成了一名普通的收银员,B却成长为一名优秀的画家。

妈妈听后,一下子就猜出了儿子的心思,赶忙抚摩着儿子的头说:"放心吧,爸爸妈妈肯定会支持你的想法。"

聪明的小传平，用自己在书屋里看到的故事，轻轻松松地说服了爸爸妈妈，让他们接受了自己想学画画的愿望。因为在这之前，爸爸妈妈曾经担心，画画会耽误了更重要的学习。

事实证明，小传平在画画的同时，一点儿也没有减弱对读书的热爱。阅读，帮助他朝着自己心中的梦想越走越近。

大石岭村靠近美丽的南海。在书屋没有建成之前，村里不少孩子都爱去海边游泳、嬉戏。自然，这些活动有不少潜在的危险。家长们常常担心孩子们出意外。可是他们要忙着干农活，有的还在外地务工，实在抽不出身来照看孩子。

读五年级的女生符曼玉是符传平的同学，她个头不高，皮肤微黑，活泼开朗。以前，孩子们每次结伴去海边游泳，总是少不了她。别看曼玉年龄小，游起泳来她却像一条灵活的小飞鱼。

有了书屋后，曼玉和小伙伴们慢慢都懂得了一个道理：作为一个海南娃，不仅应该学会热爱美丽的家乡、美丽的南海，学会在碧波荡漾的南海里劈波斩浪，更重要的是，还要学会热爱阅读，学会在书本和知识的海洋里扬帆远航！

所以，大石岭村的孩子们也喜欢把书屋叫作"书海"，谁要邀约小伙伴去书屋看书了，就会说："走呀，我们去游书海吧。"

有一天，符曼玉告诉妈妈说，书屋里有她爱看的《伊索寓言》，还有好多自然知识科普书，现在，她觉得自己对眼前的这个"书海"，比对远处的那片大海爱得更深了！说着，她给妈妈朗诵了一首在书屋里读到的小诗《大海和小溪》：

大海上的云彩啊，
你飘向哪里？
我飘向深深的山谷里。

山谷里的小溪啊，
你流向何处？
我流向辽阔的海洋里。

大海和小溪互相思念，

就像妈妈和自己的孩子。

因为时常在书中读到一些真实感人的故事，小曼玉渐渐体会到了爸爸妈妈的辛苦。她想，要是能想点办法，干一些力所能及的事情，帮助一下家里就好了。

书屋有时会组织小学生参加采摘实践活动，小曼玉对菜园子里的活儿比较熟悉，所以，只要一有空，她就会跑进菜园子，帮妈妈种圣女果和地瓜。而且，她也悄悄开始阅读一些种植技术方面的科普书了。她有一个美好的愿望，就是有一天，能帮妈妈种出优质的圣女果和地瓜。

妈妈呢，只要稍微空闲一点儿了，就会给小曼玉讲一些家乡的故事，讲她小时候跟着阿公出海的故事：

"……天黑了，我们就驾着小船在那里靠岸、停泊，小岛上有阿公住过的石头小屋，阿公在那里点亮过渔火，数过星星，吹过螺号，也唱过歌谣……"

每当这时，小曼玉就会在心里暗暗对自己说：美丽的海南，美丽的山根镇和大石岭村，这是阿公的家乡，是爸爸妈妈的家乡，也是我们这些海南娃的家乡，我们一定要学好本领，将来把它建设得更加美丽和富饶！

大手拉小手的故事

高远的天空是从哪里开始的?

也许,是从一颗善良的心、一个美丽的梦想开始的。

美好的生活是从哪里开始的?

也许,不是从别的任何地方,而是从读一本书开始的。

在诺贝尔文学奖获得者莫言先生的故乡,有一座叫"宝德书院"的农家书屋,书屋坐落在高密市经济开发区胶河东岸冯家庄村。

书屋的管理员是李济远、单美华夫妻俩。他们每天把小小的书屋收拾得清清爽爽,书香扑鼻,成了远近村庄孩子们心心念念的乐园。李济远、单美华夫妻俩的梦想是:希望从宝德书院走出去的孩子,都不愧是莫言伯伯的家乡人，都能做一个堂堂正正的高密人！自从有了宝德书院，这里就有了一个闪亮的"院训"："人间至宝是有德"。

有一次，夫妻俩观察到，经常来书院读书的一个叫李雪梅的小姑娘，以前总是穿戴得利利索索的，怎么突然变得有点儿邋里邋遢的了？这个正在念四年级的孩子以前没过几天就会来借一本书，最近却是半个多月了连一本书都没有读完。

莫不是家里遇到什么事儿了？细心的夫妻俩，从小姑娘忍在眼睛里的泪光中，好像猜出了什么。

李济远放心不下，就利用中午时间来到李雪梅家探望。小雪梅并不在家，李济远从他人口中得知，她的爸爸因为突然脑出血，这半个月来，一直在医院抢救。

爸爸还在昏迷中，家里仅有的一点儿积蓄都交了医疗费，妈妈天天以泪洗面，哥哥也不得不放弃了省城的工作，回来照看这个突遭风霜的家。雪梅小小年纪，也开始心事重重的了。

一直以来，宝德书院都像是孩子们的另一个家。在关爱孩子这件事上，书院怎能袖手旁观？

李济远几次上门，和小雪梅的家长一起商量，怎

冯家庄村的农家书屋"宝德书院"

样帮助雪梅勇敢地去面对眼前的困难,鼓励她不要被一时的风雨所吓倒,要学会敞开心扉,面对真实的生活。单美华还特意从《读者》杂志上找来一首励志的小诗《世界很小又很大》,念给小雪梅听:

只要是种子,

总有一天会萌芽;

只要是蓓蕾,

明天就会开成鲜花。

只要是坚强的翅膀,

总会赢得辽阔的天空;

只要是真诚的呼唤，

总会找到善良的回答。

相信吧，亲爱的孩子，

这世界有寒冷也有温暖，

这世界有落日也有朝霞，

这世界有真也有假，

这世界很小又很大！

听完这首小诗，小雪梅的脸上露出了坚定的神色。

夫妻俩接着又对小雪梅进行了经典诵读的"专项训练"，引导她去慢慢理解像"天将降大任于斯人也，必先苦其心志、劳其筋骨……""宝剑锋从磨砺出，梅花香自苦寒来"这样的励志名句；推荐她去阅读《钢铁是怎样炼成的》《假如给我三天光明》和《少年行》这样的励志小说。

渐渐地，小雪梅的脸上又有了笑容。不仅她自己变得坚强、乐观了，她还经常用保尔的故事、海伦·凯勒的故事，开导和鼓励爸爸，要勇敢地面对疾病，与病魔战斗。

在爸爸康复的过程中，小雪梅成了爸爸得力的小助手。她还悄悄学会了简单的按摩、保健手法，想方设法帮爸爸缓解疾病带来的痛苦。

后来，小雪梅还把自己的这段经历，写成了一篇小散文，在刊物上发表了。雪梅把喜讯第一个分享给了躺在病床上的爸爸，爸爸真心为女儿骄傲，忍不住流下了热泪。

雪梅却笑着告诉爸爸说："正是读了李叔叔和单阿姨推荐给我的那些书，我才明白了太多的道理！爸爸您放心吧，今后，就是再大的风雨、再大的困难，我也不会害怕了！"

小雪梅的故事，在高密的不少村庄里被传颂着，也激励着周围的一个个农家书屋，纷纷用各自的实际行动，创造了越来越多的"大手拉小手"的佳话。

沂南县湖头镇曹家小河村农家书屋的管理员，名叫曹向荣。在他的书屋里，也传颂着一个"大手拉小手"的动人故事。

这一年，小学生们放寒假了。正在山东大学医学院读大一的曹彦军来书屋借书时，曹向荣跟他说起了自己的一个心愿。曹彦军听了，说："我正好放假在家，也正在想着学校布置的社会实践活动的事儿呢，不如

曹家小河村农家书屋里专注看书的孩子

我来书屋开一个免费辅导班试试吧。"

两个人一拍即合。曹向荣找到放假回村的另外几个大学生牛文娟、刘忠雨、杜以美、杜以慧、贺可青、田富余、杜以许、杜以团等人,大家一合计,一个"大手拉小手"的完美计划,很快就形成了!

村里的小学生听说书屋里办起了免费辅导班,都像野外的小鸟飞回了傍晚的小树林一样,纷纷聚拢到了书屋里。书屋里原本就不大的空间很快就被占满了。小学生们看书的看书、做题的做题,每个人都很认真。由于孩子们和大学生老师之间互相不熟悉,他们大都不好意思向大学生老师请教问题。特别是四年级的刘敏，每次她都是先找到管理员曹向荣，再由他领着找大学生给她讲题，直到后来和这些哥哥姐姐逐渐熟悉了，她才敢直接找这几位兼职的老师请教问题。

原本英语不太好的曹燕京，碰到不认识的单词就找"山大哥哥"曹彦军领读，曹彦军读一遍，他就跟着读一遍，直到全部读会。二年级的刘忠豪、刘忠祥对语文标点符号一直不是很明白，刘忠雨和牛文娟就慢慢地讲给他们听。上初三的杜忠彩也来了，因为爱说爱笑，非常活泼，所以被送了个外号叫"开心果"，他在请教大学生问题的同时也给小学生辅导作业。

元宵节快到了，大学生哥哥姐姐们都准备返校了。这天下午，正上高三的付玉凤来了，她主动对孩子们说："大学生哥哥姐姐们都要返校了，可是，还有我们在这里呀！今后，你们有不会的问题，我和我的高中同学也可以来给你们讲。"

这件事给了曹向荣很大的启发。他想，如果以农家书屋为平台，每年寒暑假都请回村的大学生们来辅导和鼓舞低年级学生，给他们树立起勤奋、上进的榜样，让更多的小学生热爱读书，热爱家乡，学好本领，将来把自己的家乡建设得更美、更好，这是一件多么有意义的事啊!

想到这里,他紧紧地握了握双拳,对未来充满了信心。

从此,这个计划就在书屋里形成了一个常年的"传统",它的名字就叫"大手拉小手"。

山东有句民间俗语:"大河涨水小河满",意思是说,大河里水涨了,涨出的水让周围的小河都受益,干涸的小河水都满了。

农家书屋虽然都很小,但如果每一个书屋都尽心尽力地办好了,这些书屋就会像一条条小河,流淌在家乡的山乡田野间,滋润着所有的小花小草和青青的禾苗。春天到来的时候,在那些小河奔腾、滋润过的地方,一定会有最美的鲜花盛开,装点着我们的乡村大地。

农家书屋帮爷爷擦亮了眼睛

美丽的小村庄,就像一朵大葵花,盛开在蓝色的小溪旁。

月亮挂在树梢的时候,它和我们一起进入梦乡;当太阳爬上高高的山冈,它又和我们一块儿起床。每一片花瓣儿上,都是一个小小的"家",花瓣儿合拢了,就能挡住所有的风雨;花瓣儿张开时,又会接住温暖的阳光。美丽的小村庄,像一朵朵永不凋谢的向日葵,开放在农家人的心上。

是呀,谁不爱自己的家乡呢?谁不爱自己的小村庄呢?广西钦州市浦北县张黄镇福山小学农家书屋的管理员罗海燕阿姨,就经常给来读书的孩子们描述说,我们的家乡就像一朵大葵花,每个人都是它的一个花瓣儿。细心的罗阿姨在书屋里准备了不少关于美食的书籍：熘炒、熏酱、凉拌，早点、茶点、靓汤、农家特色菜等。最近，她把这些书籍都搬到"留守儿童之家"的图书角去了。这是为什么呢？

原来，在农村小学里留守儿童比较多。这些孩子，父母不在身边，跟着祖辈一起生活，学校为了给他们更多的关心和照顾，特地建立了一个"留守儿童之家"和心理咨询室，让孩子在学校里可以感受到更多的温暖。

罗阿姨把这些关于饮食的书籍放在留守儿童之家，目的是方便来这里吃饭的孩子取阅，也希望他们能早点儿掌握一些简单的做饭、炒菜的小技能。因为来这里的孩子，一般都是和爷爷奶奶生活在一起，罗阿姨希望主要和年迈的祖辈生活的他们能学会自立，早点儿帮家里做些事情。

学校里的留守儿童有十来个，平时没事都喜欢到留守儿童之家看看书、玩玩游戏。三年级学生张雪梅最喜欢的就是在图书角里待着，看这些关于美食的书籍。

有一天，罗阿姨问她最喜欢看的是哪类美食书籍？她说，最喜欢的是农家特色菜，因为这些食材比较普遍，家里都有。她还说，"母亲节"快到了，她想给妈妈准

福山小学农家书屋里的孩子们

备一份礼物。

罗阿姨问：准备了什么礼物呢？她悄悄告诉罗阿姨说，妈妈在外面打工很辛苦，她学会了一门炒菜的手艺，等妈妈回家了，她就做道菜给妈妈尝尝。

罗阿姨又仔细地询问了一下。原来，张雪梅学到的"拿手菜"是"咸蛋黄焗南瓜"。她说，书里介绍说，南瓜有降血糖的作用，对治疗高血压和动脉硬化有帮助，特别是能清除体内的有害物质。她一边说着，一边翻开书给罗阿姨看，脸上露出了欣喜的笑容。事后，罗阿姨了解到，雪梅的妈妈是在五金厂上班的。

之前,雪梅的爷爷也经常咳嗽,吃药打针都不见明显好转,老人家的身体又比较虚,吃些药就头晕得不得了。小雪梅在《滋补靓汤》中发现,川贝枇杷杏仁糖水有化痰止咳、宣肺祛痰的功效,对于痰多咳嗽,有很好的治疗作用。于是她想,用药治疗,爷爷的身体受不了,疗效也不是那么好,要不就试着煮点川贝枇杷杏仁糖水看看,"食疗"总比药疗好吧。

抱着试一试的想法,小雪梅托邻居买好了材料,给爷爷煲了川贝枇杷杏仁糖水。谁知爷爷喝了,第二天咳嗽的症状就有了好转。这给了小雪梅极大的鼓舞。现在,只要没事,她就会带着妹妹雪婷到书屋去读书。有几个同学的爸爸妈妈也在外地打工,他们听说了这事后,也都想借有关美食的书籍学点"手艺",到时候给爸爸妈妈一个惊喜。

罗阿姨压根就没想到,书屋的美食书籍,竟然成了这些留守孩子的"热门书"。

在罗阿姨的农家书屋里,五年级的陈林,给他的爷爷借了一本《农民防骗一百招》。令人没想到的是,这本书竟给陈林的爷爷带来了特别大的帮助。

那天,村里来了个推销牙膏的青年。青年的穿着打扮比较时尚，背着个背包，手里拿着几支牙膏。他敲开了陈林家的门，见到爷爷后非常殷勤，嘴巴甜得不得了。

当他得知只有爷孙俩在家，是个"留守家庭"时，他说，他特地给他们带了一些生活用品作为"慰问"。他一边说着，一边自个儿走进里屋，不停地打量起家里来。然后，他打开要送给他们的"礼物"，还拧开了一支牙膏，让爷爷闻闻味道是否合适。

这时候，爷爷马上警觉了起来，赶紧躲开了牙膏，把这个青年连人带物推出了门。

陈林觉得奇怪，爷爷是不是傻呀，有人来送东西都不要，人家可是来关心留守儿童的呀！

爷爷喘着气，对疑惑不解的陈林说："你呀，小小年纪怎么就贪小便宜呀？我刚才也差点儿上当了，要是我们闻了他的牙膏，可能现在我们家的钱财都被他骗走了。"

陈林又惊讶又困惑，不明白爷爷是怎么知道这是个骗局的。

爷爷说："多亏了你给爷爷借的那本《农民防骗一百招》，那里面就介绍了这种骗人的花招。有些人就是因为贪小便宜,最后才上当受骗的。那支牙膏肯定有问题,那人肯定是要耍花招的,他要真的是来关心留守儿童的,怎么没有老师和村干部陪同,而是自己一个人来呢?"

听爷爷说到这里,陈林才恍然大悟。

这时,他们又听到了敲门声,爷爷从门缝里往外一看,是几位村干部来了,这才开了门。其中一位村干部一进门就急着问:"老陈,有没有人到你家来送礼呀,你闻那牙膏了吗?"

爷爷回答他:"没闻,我赶他出去了。"

一听这话,来的人个个都觉得好奇:"老陈,你怎么这么厉害?你是火眼金睛啊?"

这时,爷爷拿出了《农民防骗一百招》说:"多亏了这本书呀,帮我擦亮了眼睛哪。我孙子在农家书屋给我借回来的,要是没有这书,我估计已经上当受骗啦。"

大家听了,都哈哈大笑说:"小陈林'人小鬼大',懂得'用知识武装头脑'啦!看来,农家书屋的作用真是不能小看呢!"

和书屋一起长大的孩子

小男生麦配荣是广东省信宜市金垌镇南屯村的孩子,他聪明伶俐,又喜欢学习。上小学时,他就经常到村里的农家书屋"东方红书院"看书;进了中学后,他变得更加知书达理了,除了来这里看书,还不时地帮书屋管理员麦绍源爷爷整理图书,摆放桌椅什么的。在麦爷爷眼里,小配荣是"和书屋一起长大的孩子"。

有一次,配荣和麦爷爷聊天儿时,无意中说出了一件事。那是上小学四年级时,他从书屋里借了一本书回家看,里面有一个小故事,深深地打动了他。

有个非常好学的小男孩儿,每天都会站在一个小书摊前,把一本书轻轻地翻开,恨不能一瞬间就把它看完,因为他没有钱把这本书买下来,心里感到十分羞愧，觉得自己每天是来"蹭"书看的。

可是，摆书摊的老爷爷每次看见这个"小主顾"，都会高兴地向他打招呼，后来还对他说："孩子，理直气壮地看吧，不买没关系，那些小板凳，你尽可以坐。"

就这样，这个小书摊，还有那位摆书摊的老爷爷，让他不仅深深地爱上了阅读，而且立下了一个志向：将来一定要做一份与书有关的工作。或者当一位写书的作家，或者当一名图书馆管理员，或者当一名书店里的工作人员……这些都是他十分乐意的。贡献自己的一份力，让全世界的每个孩子都有书读，这是一个多么美好和伟大的理想啊！对于那些没有书而渴望书的孩子来说，一本美好的书，不就像那些在黑暗之中飞舞、闪烁的萤火虫吗？

麦爷爷听了他的讲述，也深深地被感动了。

"真是咱南屯村的一棵好苗子啊！"麦爷爷为了培养和锻炼他，还特意聘请小小年纪的他为书屋义务管理员，参与组织书屋的辅导班、读书会等活动。

麦绍源老人没有看错。刚开始的时候，因为麦配荣还在上小学，个子小，几乎没人听他的。但是麦配荣认真学习，对管理员的工作高度负责，认真落实书

南屯村农家书屋的管理员和小读者们

屋的各种管理制度。

有一次,有位读者想一次借三本书,可是按照规定一次只准借一本,而且一周内必须归还。在这种情况下,麦配荣坚持原则,跟对方讲规矩,讲道理。他说,如果人人都不按规定借书,不就乱套了吗?

最后,他想了一个办法:他以自己的名义借了其中的一本,交给了那位读者。"要记着,看完了早点归还哟!"那位读者高兴地捧着两本书走了。

麦爷爷问他为什么要这么做。他说,这样不就可以"两全其美"了嘛!既没有违反规章制度,又满足了那个读者对书的渴望。

麦爷爷高兴地说:"孩子,你做得对啊!看来,你讲的那个故事里的摆书摊老人,一直在影响着你呢!"

可喜的是,在书屋的"兼职",并没有影响麦配荣的学习成绩,相反,他的成绩还不断提高呢!在书屋举办的"读好书"作文比赛活动中,他荣获了第一名。

小学毕业后,配荣以优异的成绩考上了本地初中重点班,虽然初中离书屋较远,不能每天都来,但他仍利用周末来书屋借书学习,雷打不动,而且还带动许多同学来书屋学习。他勤奋读书,三年后,又以优异成绩考上了信宜市重点高中。

2017年10月,在南屯村召开的学子座谈会上,麦配荣介绍自己的读书经验体会时,特别感谢村里的农家书屋"东方红书院"为他提供了良好的课外学习和成长的园地。

小男生吴杰也是南屯村人。他很小的时候,爸爸妈妈就离婚了,妈妈改嫁,爸爸长期外出打工,他的生活由年迈的奶奶照顾。

从小没有得到家庭温暖,更没有享受到父爱和母爱,小吴杰就像一个没人管束的"野孩子",偶尔来书屋看看书，但是因为没有人引导和督促，经常是"三天打鱼两天晒网"，没有养成常来书屋读书的好习惯。

麦爷爷看在眼里，急在心里。他想，如果不帮一下这个孩子，很有可能他会就这样"散漫"下去，甚至走上"歪路"。

可是，他家住得也离书屋较远，家境也比较困难，怎么办呢？最后，麦爷爷决定，无论有多大困难，也一定要帮帮他。

麦爷爷到他家去和他奶奶商量，让吴杰到书屋生活和学习。那是2012年，吴杰才六岁。麦爷爷既要照顾他的生活起居，吃住在一起，又要做他的启蒙老师，把他当成自己的孙子一样管教和抚养。

为了锻炼他的生活自理能力，书屋有什么公益的事和他力所能及的事，麦爷爷就让他学着去做，如打扫卫生、整理图书等。

慢慢地，小吴杰把书屋当成自己的"家"，而且每天一吃完晚饭，他就自觉地坐在灯下看书学习、做作业。在学校里，他还能动员其他小朋友来书屋看书。

小吴杰在书屋这几年，被评为优秀图书管理员三次，优秀读者两次，还荣获唱歌优秀奖一次。第一次评上优秀读者时,书院奖励了他一个书包、一本书、一个本子和一支笔。吴杰特别高兴,迫不及待地把好消息分享给他的奶奶。

奶奶说:"杰仔啊,你懂事了呀,奶奶放心了很多。"

麦爷爷自己也奖励了吴杰五块钱,让他买好吃的。

吴杰却说:"爷爷,我不去买东西吃,我要去买一本新书。"

奶奶说:"书屋的书很多呀,何必再去买呢?"

吴杰说:"那是公家的书,我不能要呀。"

听了孙子的话,奶奶更加开心了,说:"杰仔啊,你长大后,要懂得感恩、报恩呀!"

吴杰使劲点点头说:"奶奶,这个我懂得!'谁言寸草心,报得三春晖',书上都写着呢!"

小吴杰在与书屋亲密接触的这几年中,受到麦爷爷很多的关心和照顾,对麦爷爷有着深厚的感情。2017年,他在广州打工的爸爸为了方便照顾他,决定带他去广州生活和学习。这对一般人来说是求之不得的大好事,但小吴杰听了却哇哇大哭起来,因为他不愿意离开书屋,不愿意离开曾经半夜带他去医院看病的麦爷爷……

美丽的约定

"童年是一本打开的书,有多少秘密在等待你?不要问:将来会怎样?我的梦想在哪里?这世界很小又很大,每一本好书,就是一个小小阶梯。那么,请打开它,让你的故事,就从现在开始,从静静地阅读一本自己喜欢的书开始……"

这段文字,是安徽省天长市铜城镇桑园村的一对小姐妹,从一本书上摘抄出来的,也是姐妹俩经常用来互相鼓励,养成阅读好习惯的一个"美丽的约定"。

14岁的姐姐茚凤选比妹妹茚凤丽大4岁,姐妹俩都是铜城小学的学生。她们的爸爸妈妈常年在外打工。凤选是个聪明懂事的孩子,上六年级,在校是个品学兼优的学生。凤丽也很机灵,就是偶尔有点小顽皮。

桑园村农家书屋

姐妹俩从小就和爷爷奶奶住在一起。

提起这姐妹俩，在桑园社区有一个众人皆知的小故事。故事要从三年前的那个清明节说起。

那天，桑园农家书屋举办了一次关于"水稻栽培与管理"的科普辅导讲座，正好凤选、凤丽姐妹和其他的小读者也在书屋看书。书屋管理员朱承明爷爷给大家讲的是水稻的栽培和管理。

俗话讲，"说者无意，听者有心"，心细的姐姐忽然急忙拉着妹妹飞快地往家里跑。两个人在回家的路上就把要做的事儿合计好了，到了家，二话不说，一

桑园村农家书屋的管理员和孩子们

人拉着爷爷的一只手,就往书屋这边跑。

爷爷茆永春是个倔强的老头儿,还没弄明白是咋回事,就在两个宝贝孙女的拉扯下不情愿地向前走着,嘴里还不停地嘟囔着:"你们这两个'务事精',不好好在书屋学习,这是发的哪门子疯哟?"

到了书屋,姐妹俩让爷爷快坐下,好好听讲座。可是,科普讲座已经讲了一半了,爷爷也就只是听了一堂"半拉子课"。

等这堂课讲完后,凤选悄悄地跟书屋管理员说:"朱爷爷,您什么时候有时间,能麻烦您帮我爷爷把今天的课补上吗？"

朱爷爷说："可以呀！等下个星期天，你们姐妹俩来书屋时，再请你爷爷一起来，我一定抽时间帮他补上这次讲座。"

姐妹俩为什么要拉着爷爷到书屋听讲座呢？

原来，爷爷这个人什么都好，就是性格比较倔强，他家承包的二十多亩地，多年来每年的产量跟邻居们比起来，总是要少一些。特别是水稻，别人家的水稻，亩产一般都能到一千四五百斤，而他家的水稻亩产，最高也只能是一千一二百斤。原因呢，就在爷爷那个又倔强、又有点固执和保守、不肯接受新事物的性格上。

别人家对水稻种植都是按科学栽培管理的，可是爷爷呢，一直都是采用他那老一套的种植方法。他种植的水稻不但用水用肥要比别人家多得多，而且劳动强度还大。好心的邻里们也多次跟他讲过，让他改换改换"旧脑筋"，他根本就听不进去，依然固守着他那"老一套"。结果，爷爷每年种植出来的水稻，不是倒伏，就是会患上病害虫害，功夫没少费，产量却一直上不来。

到了星期天，凤选和凤丽姐妹俩果然又拉拽着爷爷，来到了书屋。因为爷爷的文化水平不高，有些科学种田的术语理解起来比较难，朱爷爷就耐心地、深入浅出地给他讲解，直到他完全领会了为止。最后，爷爷终于明白了，自己那老一套的种植经验，与现在的科学种植差距在哪里，差距到底有多大。

爷爷在离开书屋时，对朱承明爷爷说："老朱，我上了岁数，记忆力不好，以后有不懂的地方，还得回来麻烦你哟！"

朱爷爷笑着说："只要您老人家相信这些新的种植管理方法了，您放心，我这里就会有求必应！"

2017年，茆永春爷爷按照在书屋学到的科学方法种植的水稻，不但没有再发生倒伏的现象，病虫害也明显少了。收获的时候，一过秤，亩产高达1560斤呢！

稻谷出售后，爷爷捧着厚厚的百元大钞，笑得那叫一个开心哟！他从口袋里拿出两张拾元的零钱，递给俩孙女说："给，今年的大丰收，你们这两个小机灵是有功劳的，这是爷爷发给你们的奖金。"

妹妹凤丽噘着小嘴嘟囔道："才这点儿呀？爷爷太抠门了吧？"

姐姐凤选说："爷爷，这个奖金我们不要，要发奖金，您就给农家书屋发吧，要谢谢朱爷爷的科普辅导嘛！

您以后有时间,要常到书屋去,多请教朱爷爷,让他多给您多开开'小灶'。"

小凤丽一听,顽皮劲儿又来了,说:"要不然,叫奶奶杀只鸡,您买瓶酒,请朱爷爷到家来做客,我俩和奶奶也好沾个光?"

爷爷听了,竟然一反常态,慷慨地说:"好主意,就这么定了!"

就这样,一年四季,以书为"媒",以书为"桥",小小的、美丽的农家书屋,给桑园村的孩子和大人们,送来了一个又一个"美丽的约定"。

后 记

我永远无法忘记在湖南攸县石羊塘镇谭家垅村高桥农家书屋碰到夏雨轩、夏依婷两位小姑娘的场景。她俩都7岁,都上二年级,父母都在外打工,眼睛都清清亮亮的。无论问什么,都有问必答而且对答如流。那种敏捷、大方、率真让我笑起来:"你俩适合当新闻发言人。"我也无法忘记刚刚考上攸县一中的男孩夏阳洋那倔强的眼神。那时他跟我说,小学二年级他偶然来到农家书屋,才知道这世界上除了教材还有一种书叫"课外书",之前他没有在自己家也没有在邻居家看到一本课外书。说到这里,他的脸上现出羞涩的难为情的淡淡红晕,但他立刻把下巴朝向天空,仰成了45度角,语调倔倔地说:"但我们的下一代就不一样了,我会从小就给他（她）买很多书！"

在和很多乡村孩子接触后，我发现，城市孩子面临的问题是父母管得太多，课业太重；而乡村孩子尤其是留守儿童则恰恰相反，他们的困境在于没有父母的管教，几近于放养。而且由于祖父母隔代亲的缘故，他们不舍得孩子们干农活儿——这一点完全超出了我的想象，事实上，在我采访过的众多的孩子里，还没有一个去田野里劳作过，最多就是帮大人洗洗碗。在下午放学后的漫长时光里，他们不会像城里孩子那样有上不完的补习班。从某种意义上讲，他们的童年拥有更多自由玩耍的时间，可是从另一个角度来看，在生存的竞技场上，早晚有一天他们要和城里孩子同场竞赛，到了那个时候，他们是否会因为早年的过度松弛而处于不利的地位呢？答案几乎是肯定的。哪怕只是从这一点出发，农家书屋存在的意义都是不言而喻的。

习近平总书记曾语重心长地说："实现我们的梦想，靠我们这一代，更靠下一代。"他勉励广大少年儿童："今天做祖国的好儿童，明天做祖国的建设者。"他还说过："少年儿童的心灵都是敏感的，准备接受一切美好的东西。"对于孩子们渴望求知的心灵来说，也许没有比书更美好的东西了。那些为中国梦的实现而默默劳作的父母，有时不得不在孩子的成长期暂时缺席，这个时候，农家书屋的存在，既是对一种家庭教育缺失的补充，又是一种温情脉脉的陪伴，同时，也是对千千万万普通劳动者的一种情感的、道义的、精神的支援。我常常想，全国60万个农家书屋，即便一家书屋只有10个孩子去看书，那就会有600万个乡村孩子从中受益，而且还可能意味着这600万孩子的下一代将会"不一样"。600万是个什么概念呢？那是以色列全国的人口……

本书收录了发生在17个省（区、市）的农家书屋里几十个孩子的读书故事，和全国的农家书屋相比，在数量上当然只是沧海一粟，但从这一滴一滴小水珠里也能折射出党中央和各级政府的决心、苦心，每个具体的书屋管理员的爱心、耐心，孩子们读书的用心、开心。这本书凝结了集体的智慧和汗水，在此，我要感谢原新闻出版广电总局印刷发行司刘晓凯司长、董伊薇副司长和农家书屋工程处，从整体谋划、选题构思、组织保障等方面给予了精心指导和大力支持；我还要感谢河北、吉林、黑龙江、上海、浙江、安徽、福建、江西、山东、湖北、湖南、广东、广西、海南、云南、甘肃、宁夏等17个省（区、市）新闻出版广电局农家书屋职能处室的同志们，是你们热情周到的组织安排和耐心细致的沟通协调，才能让我及时采撷和记录那些感人至深的故事——真正的、正在发生着的中国故事。

我还要郑重感谢那些可爱而纯朴的农家书屋管理员，你们做了那么多足以让人热泪盈眶、触及心灵的事情，但做得多，说得少。

最后，谢谢中国少年儿童新闻出版总社！

李东华

二〇一八年七月